領民0人スタートの辺境領主様

風楼
Illustration キンタ

XI
碧海の旅人

contents

草原開拓記名鑑

ディアス

ネッツロース改め、
メーアバダル領の領主

アルナー

ディアスの妻となった
鬼人族の娘

クラウス

犬人族のカニスを
妻に持つ領兵長

セナイとアイハン

神秘の力を持つ森人族の
双子の少女たち

エルダン

メーアバダル領隣の
領主で亜人とのハーフ

エイマ

大耳跳び鼠人族。
村の教育係兼参謀

エリー

ディアスの下に
訪れた彼の育て子

ゾルグ

鬼人族族長候補の青年。
アルナーの兄

ダレル

王都で礼儀作法を教えていた女性。
ディアス達の教育係となる。

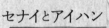

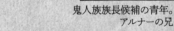

ジュウハ

エルダンに雇われた
ディアスの元戦友

ナルバント

鍛冶を得意とする
洞人族の老人

ヒューバート

元宮仕えで、ディアスに
仕えることになった内政官

サーヒィ

狩りが得意な鷹人族の青年。
双子の狩り鷹となる

ゴルディア

商人ギルドの長であり、
ディアスの孤児時代からの友人

モント

ディアスの元敵将だったが、
イルク村の教官となる

スーリオ

力自慢の獅子人族の青年。
隣領からイルク村に来て遊学中

セキ・サク・アオイ

獣人国から移住した
“血無し”の三兄弟

The population of the frontier
owner starts with 0

エイマのレポート

領民：231人→237人

【辺境の領主】ディアスは、領民と協力してアースドラゴンの襲撃を退けた。

再び現れた謎の存在、メーアモドキに白い花の存在を教えられる。

その花は様々な薬効があり、香りも良く、メーア達の好物でもあるという、とても有用な植物だった。

【商人ギルドの長】ゴルディアによって領内に酒場が建てられ、そこで酒宴が行われる。

ゴルディアさんの料理も絶品で、とっても楽しい酒宴でした！

神殿も建てる予定と聞いていますし、皆さんの憩いの場が増えるのは良いことですね!!

ジョーやロルカを始めとする領兵達と鬼人族の女性のお見合いが行われ、

七組の婚約が成立した。

新たな領民として、【領主の教育係】ダレル夫人と、【ベンを支える女神官】フェンディア、

【屈強な神官兵】パトリック、ピエール、プリモ、ポールがイルク村に到着する。

ディアスやアルナー、セナイとアイハンは早速ダレル夫人に貴族としてのマナーを指導される。

敵意を持ってメーアバダル領にやってきた二人の貴族、

エルアー伯爵とアールビー子爵を相手に、ディアスは貴族として、

ダレル夫人の助言や鬼人族の魂鑑定に助けられながらも完璧な対応をする。

その結果、逃げるように退散したアールビー子爵と対照的に、

態度を一変させて心を入れ替えたエルアー伯爵は、ディアスに対し忠誠を誓うのだった。

仲間のために苦手な貴族のマナーも学んだ領主様。

次なる物語は——

メーアバダル領イルク村の施設一覧

【ユルト】【倉庫】【厠】【井戸】【飼育小屋】【集会所】【広場】【厩舎】【畑(野菜・樹木)】

【溜池】【草原東の森】【魔石炉】【岩塩鉱床】

【関所】【迎賓館】【水源小屋】【氷の貯蔵庫】【養蜂場】【酒蔵】【鉱山】【酒場】

暗闇の中で――――????

「あ？　なんだこいつら？　こんなの情報になかったぞ」

暗い空間で何かを見つけた男がそう呟《つぶや》くと、何かが男に応える。

「こいつらを司っているのは別の存在……？　別の場所？　おいおい、そんな話は一度も――」

そう言って男は不満をぶつけるが、何かはその不満への回答はせずに、男が続ける不満の中に疑問や問いかけとも取れる部分があった場合にのみ、応えて返す。

「……くそったれ……じゃぁこいつらには何も手出し出来ねぇのか」

かなりの時間あれこれと不満を口にしていた男は、なんとも無感情な応答しかしないそれに呆《あき》れたのか、諦めたのかそんなことを言ってから……暗い空間の中別の場所へと視線をやる。

それから男は暗闇の中で口を閉ざして沈黙し……いつものように1人だけの時間を過ごすのだった。

南の荒野で――――ディアス

エルアー伯爵が関所にやってきてから数日が経《た》ってのある日の昼前……私はエルアー伯爵から貰《もら》った動物、ラクダを連れて荒野へとやってきていた。

目的はラクダが本当に荒野の暑さに耐えられるのかを確認するためと……荒野に関するあれこれの準備が整いつつあるので、それらに関する確認をするためだ。

同行しているのはエイマとパトリック、それとスーリオ達の獅子人族《ししびと》の3人と、ラクダの世話係ということで犬人族《いぬびと》のアイセター氏族長コルムとなる。

「ほほう、ここが件《くだん》の荒野ですか……この静けさと埃《ほこり》立つ空気にたまらぬ熱気、修行に良さそうな場所ですなぁ」

「ふーむ、このくらいの暑さなら俺達、獅子人族は全く問題なく動けますね。

我々はマーハティ領やここよりも暑い場所で生まれた種族らしく、乾きと暑さには強い方なのですよ」

そのうちのパトリックとスーリオがそんなことを言ってきて……私はそれに頷《うなず》き返してから周囲の様子を見渡す。

夏の荒野は草原とは比べ物にならない暑さとなっている。

草原と同じく乾いていて風が吹いていて、湿気が濃い森の中よりはいくらかマシなのだが、それでも暑くてどんどん汗が流れて、そこに砂埃がまとわりつき、そうかと思えばすぐに汗が乾いて……肌に残った砂埃がなんとも気持ち悪い。

その気持ち悪さに私が苦い顔をする中、修行のため後学のためという理由で同行したパトリックとスーリオ達は平気そうな顔をしていて……私の肩に乗っているエイマに至っては目を細めて涼し気な顔をし、荒野の熱気のこもった風を楽しんでいるかのようだ。

……エイマの故郷は火山の側《そば》かと思う程に暑い砂漠らしいからなぁ、そこの暑さと比べればこの程度、涼しいということなのだろうなぁ。

しかしそうなると、私と同じ東部出身のパトリックがどうして平気な顔をしているのかという話になるが……パトリック達は神を身近に感じたいがために様々な修行をこなしてきた特殊な神官らしいので、その経験のおかげ……なのかもしれないな。

「我輩にはこの暑さは少しばかり応《こた》えますが……ラクダ達は全く問題ないようですなぁ。問題ないどころか初めてくる場所でも気にした様子もなく反芻《はんすう》していて、のんきと言うか温厚と言うか……図太いと言うべきですかな、馬とは全く違った性格をしているようですなぁ」

続けて垂れた耳をパタパタと揺らすコルムがそう声を上げると、コルムの側でのんびりとした様子を見せていたラクダ達が、自分達に用でもあるのかといった態度でコルムに顔を寄せて鼻息をぶふっと吐き出す。

「人懐っこく、どこだろうとぐっすり眠って、体力は無尽蔵かと思う程あって頑丈で……ミルクも驚く程の量を出しますし、出来ることならあと四、五頭程を手に入れて数を増やしてやりたいところですなぁ」

更にコルムがそう声を上げてきて……私はラクダ達の一頭、メスのラクダへと視線をやって、ラクダを受け取った翌日早朝の騒動のことを思い出す。

いつ子供を産んだのか、もらった三頭のうちの一頭、メスのラクダからミルクが出ることが発覚し、ミルクが大好きなスーク婆《ばあ》さんがすぐに乳搾りを始めたのだが、その量がとんでもない量で……両手で抱える程の大きな壺一杯分、メーアの十倍以上、馬や白ギーの四、五倍という量だったのだ。

こんなに出るのはしばらく搾ってないからに違いないと考えたスーク婆さんは、その日だけの我慢だと頑張ってそれだけの量を搾った訳だが……翌日にも同量、翌々日にも同量が搾れてしまい、ラクダにとってはそれが当たり前なのか特に体調に問題はなく平気そうな顔をし続けていて……先にスーク婆さんの方が参ってしまうという有様だった。

それからは体力がある者達、私やジョー達、パトリック達がミルク搾りを担当することになり……村にいることが多く、体力を持て余しているパトリック達が中心となってやってくれている。

それだけの量がとれるラクダのミルクは、脂分が多くてミルクとしてはそこまで美味《おい》しくないのだが、チーズやバターにするとその脂分が良《い》い具合の美味しさに変化してくれて、それをスープ料理などに加えるとかなりの美味《うま》さになってくれる。

　実際に飼ったことはないが、故郷でラクダのことをあれこれと聞き知っていたらしいエイマが言うには、ラクダのミルクは滋養があって病気にも効くとかで、砂漠では病弱な人や子供に優先的に与えられていた、薬のようなものであるらしい。

　ラクダ自身病気に強いらしく、その強さがミルクに現れているとかで……周囲に泥水しかないなんて地域を旅する時にはメスのラクダを連れていって、ラクダには泥水を飲ませ、自分達はラクダの出すミルクを飲んで飢えと渇きを凌《しの》いでの旅をし……そんな旅を一、二ヶ月続けたとしてもラクダは全く問題なく旅を続けられるらしい。

　……戦争中、木筒に焼いた石や綺麗《きれい》な布なんかを詰め込んだもので泥水を濾《こ》して飲んだことがあったが、ラクダはそれに近い役割をこなせてしまうというか……薬になるとまで言われるミルクを出すことを考えると、そんなものと比較するのが失礼なくらいに優秀な動物であるらしい。

　その上、鞍《くら》さえあればその背に乗れるし、かなりの量の荷物を運ぶことも出来るし、足を取られてしまうような砂地であってもかなりの速度で歩けるとかで……今更ながらこんなに優秀な動物をあんな形で貰っても良かったのだろうかと思ってしまう程だ。

　なんてことを考えていると、ラクダの顔を撫《な》で回していたコルムが私の側にやってきて、声をかけてくる。

「ディアス様、いつまでもここにいてもしょうがありません、件の水路予定地の確認にいきましょう。

確認を終えたなら早く村に帰って……今日は氷で冷やした赤スグリワインでも頂きたいところですな」

「ああ、そうか、もう赤スグリの実が採れる時期だったなぁ。

……最近皆が妙にワインばっかり飲んでいるなぁとは思っていたが、赤スグリのだったか……飲みすぎには気を付けるんだぞ」

赤スグリ……セナイ達が森で世話をしている、たくさんの赤い実をつける木。

その実はワインにすることが出来る代物で……王国東部ではあまり人気のない赤スグリワインだったが……酒造りが得意な洞人族《ほらびと》が造っているからか、イルク村では大人気となっているようだ。

「えぇぇぇ、もちろんですとも。程々に楽しみながら……日々の糧とさせていただきます」

と、そう返してきてからコルムはラクダ達の手綱を引きながらある場所へと向かって歩き出す。

そこは以前セナイとアイハンが……メーアモドキの同種と思われる変なトカゲと出会った場所で、そのトカゲが水を流すならここにしろと勧めてきた場所でもあり……洞人族達が整備を進めてくれていた小川の水がそろそろそこに届くんだそうだ。

小川の両岸を焼いた土や固い粘土、石壁などで整備してやると不思議なことに川の流れが速くなるらしく、ただ速くなるだけでなくどういう理屈なのか水量までが増えるんだそうで……そうやって整備し、少しずつ流れを変えて荒野まで水を引っ張ってきた、ということらしい。

荒野がいくら暑い地域でも、そうやって水が流れればいくらかの草が生えてくれるんだそうで……水と草があれば馬やラクダが行き来出来るようになるはずで、そうなれば探索や開拓が進むようになる……という訳だ。

なんてことを考えながら足を進めていると、何かを感じ取ったのかまずラクダ達が反応し、次にコルムが鼻を鳴らし始め、そしてスーリオ達もまた鼻を鳴らし始める。

水の匂いでも嗅ぎ取ったのかな？　と、そんなことを考えながら私も真似《まね》をして鼻を鳴らしてみるが……ただただ砂粒が入り込んだだけで、盛大なくしゃみをするはめになるのだった。

?――――????

「なんだと？　ここから北は例外なく死の世界が広がっているはずではなかったのか？」

ある場所で小さき者達が蠢《うごめ》いている。

蠢き刃《やいば》を研ぎ……そうしながら言葉を交わし、会議のようなことをしているようだ。

「まだ確定ではありませんが、大入り江で遊んでいた者の1人が、大地の上に不思議な生物を見かけたとのことで……。

鋭い鱗《うろこ》に四本足ながら見たことのない姿だったと……伝承にあるドラゴンかとも思ったそうですが、それにしては小さかったとのことで……それはまるで我らを誘っているようだったとも」

「ふぅむ……？　死の大地には近付かないようにしていたが、探索をしてみるべきか？　場合によっては死の大地を我らの領土とすべきかもしれん」

「しかしあの地は我らが暮らすには適しておりませんし、得るものもありませんぞ」

それらの数は多く、その一帯を埋め尽くさんばかりで……その中でもひときわ大きな体の、会議の様子を静観していた1人が、大きな声を張り上げる。

「何かがいるのであれば調査をしない訳にはいくまい！　古《いにしえ》の約定のこともある！　何よりも誇り高き我らゴブリンの一族が、誘いを受けておいて退《ひ》くなど許されんのだ！　大入り江を拠点とし、そこから戦士達を派遣し……場合によってはその小さきドラゴンと一戦交える覚悟を示す必要があるだろう!!」

それを受けてゴブリンの一族と名乗ったそれらは息を合わせて同時に『おう！』との声を張り上げて、周囲一帯を震わせるのだった。

荒野で――ディアス

一度のくしゃみでは砂埃が出ていってくれなかったのか、何度かのくしゃみをしながら足を進めていくと……視線の先に見るからに人工物だろうという物が現れる。

それはかなり手の込んだ造りとなっている石造りの水路で……いつのまにやら洞人族が造り上げたものであるらしい。

「……よくもまぁ、こんな所まで水路を造ったもんだなぁ」

その側に近付きながら私がそう声を上げると、しゃがんで手を伸ばし水路の出来具合を確かめていたスーリオが言葉を返してくる。

「酒場で洞人族達とはよく話をしますが……飲むことの出来る酒が増えてきたから仕事の効率も上がっているとか、そんなことを話していましたよ。

外から買うワインに赤スグリワイン、それと森の蜂蜜酒も評判が良いようです。

なんでも不純物がないおかげですっきりした風味になるとかで……ああ、それとセナイ様とアイハン様が蜂蜜酒向きの花を植えたりもしているとか」

「……セナイ達はそんなこともしていたのか。

他にも色々やっているようだし……そのうち森の中にユルトを建てて泊まり込んでしまいそうだ

なぁ」

「花だけでなく蜜が薬になる木があるとかで、その木を植えるとかも話していましたね。その蜜があると蜜を舐める側はもちろん、蜜を集める蜂も病気から縁遠くなるんだそうですよ」

「そんな蜜まであるんだなぁ……甘くて滋養もあって酒にも薬にもなるときたか。

……その蜜が採れるようになったらセナイ達には何かご褒美をあげないとだなぁ」

なんて会話をしているとチョロチョロと水音がしてきて……イルク村の方で何かしたのか、北の方から水が流れてくる。

最初は少量の水だったのだが、少しずつ水量を増していき……相応の勢いとなって私達の側を通り過ぎて流れていって、どこまで行くのだろうかと視線で追いかけてみると、水路の先に何かがあるようで……そちらへと近付いてみると石造りのため池が見えてくる。

以前私が造ったものとは違い、石でしっかりと囲い固めてあるそのため池には早速水が溜《た》まり始めていて……流れる水の様子を見て我慢できなくなったのか、ラクダ達が水路へと口を伸ばして水を飲み始める。

それを受けてコルムが「止めるべきですか？」と問いかけてきて……私が好きにさせてやれと手を振るとコルムは頷いて、ラクダ達の手綱を緩めて好きにさせる。

それからしばらくの間、なんとなしに水路やため池の水の様子を眺めていると……草を編んで作ったらしい小さな船が水路の中を流れてくる。

その船の上には小さな粒のようなものが載せられていて……一体何だろうかと顔を近付けて見てみると、それが植物の種であることが分かる。

「……なるほど、セナイ達が編んだものを流しているんだな？　イルク村から流して……揺れたりひっくり返ったりで種をばらまかせて、水と一緒に草花を広げようという訳か」

なんてことを言いながら草の船を一つだけ手に取った私は、石造りのため池よりはこちらの方が良いだろうと、ため池の周囲の土の上に種をばらまき、手ですくった水を軽くかけてやる。

それを見てかパトリックやスーリオ達、コルムも私の真似をし始め……特にコルムは上手《うま》い具合に土を掘り返して柔らかくしてから、種を蒔《ま》いてみせる。

この種が上手く芽を出してくれたらラクダ達の食料となるはずで、水と食料がここにあればラクダ達は更に南へと足を進められるはずで……それを繰り返していればいつか、南にある……らしい、海にたどり着くことも出来るはずだ。

「更に南へと進んで、海にたどり着くことが出来たなら魚が好きなだけ食べられるんだろうな。海では川や池とは比べ物にならない程の量の魚が獲れると聞くし……味の方も段違いに良いらしい。

……海の魚は塩漬けしか食べたことないからなぁ、新鮮な海の魚というのも食べてみたいものだな」

と、作業を一段落させた私が、南の方を見やりながらそんなことを言うと、スーリオ達が一斉に耳をピンと立てて、その目をギラリと輝かせて……そしてスーリオがずいと身を乗り出しながら言葉を返してくる。

「海魚ですか！　確かに美味しいと聞きますね！

いやぁ……我々獅子人族は肉も好きなのですが、それよりも魚が大好きでして……海魚はディアス様と同じく塩漬けしか食べたことがないので……新鮮な海魚を食べることが出来たらと願ってしまいますな。

そう言えばマーハティ領に運ばれてくるのは塩タラばかりなのですが、あれは一体どうしてなのでしょうか？」

「ああ、タラは他の魚よりも腐りにくいらしくてな、塩漬けにしてしっかり管理すると半年とか一年以上とか、長期間の保存が利くらしいんだ。

そういう訳で海が遠い地域に届くのはだいたい塩タラになるな……戦争中もよく塩タラが運ばれてきていたが、美味しい塩タラを食べられるのはお偉いさんだけで、私達は味も保存性も劣るとされる塩ニシンのことが多かったかな」

「ほほう……なるほど。

では例の氷の貯蔵庫を使っての保存や運搬が可能なメーアバダル領で海魚が獲れるようになれば……マーハティ領でも様々な海魚が食べられるようになるということですな。

ふぅむ……そういうことならリオードとクレヴェと共に、荒野の開拓と探索のお手伝いをさせて頂きたいと思います」

「いや、スーリオ達は客人な訳だし、そんなことをしてもらう必要は――」

「いえ！　同胞に海魚をいち早く届けられるとなれば、こちらから頭を下げてお願いしたいくらいでして……。

出来ることは少ないですが、乾きに強い戦士が３人いれば、なんらかの役には立てるはずですよ！」

と、私の言葉を遮る形でそんな言葉を口にしたスーリオが鼻息を荒くしていると、リオードとクレヴェまでが同じように鼻息を荒くしながらこちらへと身を乗り出してきて……それに押し切られる形で私が頷くと、３人はぐっと拳を握って早く海魚が食べてみたいと、そんな会話をし始める。

仮に海まで到達出来たとして、そこに食べられる海魚がいるのか？　とか、漁が出来る海なのか？　とか、色々な問題があると思うのだがなぁ。

海の近くに住んでいる人がいたり集落があればそこで話を聞いたり、漁を依頼したりも出来るのだろうが、無人の荒野となるとそれも難しいのだろうし……。

……今は盛り上がっているようだから、もう少ししたらそこら辺の話もしてやって……それでも手伝ってくれるというのなら手伝ってもらおうかなと、そんなことを考えながらしばらくの間、盛り上がり続けるスーリオ達のことを何も言わずに眺めるのだった。

何処かの大入り江で————ゴブリン達

なんらかの生物の皮で作った簡単な作りの上着と腰巻きを身にまとい、長い尻尾にはイヤリングのように穴を開けた上で、いくつかの漁具や釣り針を変形させて作ったリングが付けられていて……手首や腰には貝殻で、首には自らの鋭い牙を束ねて作ったアクセサリーがかけられている。

そんなゴブリン達は大入り江に到着するなり、警戒心を顕《あらわ》にしながら大きな目をギョロリと動かして周囲を見回し……それから周囲を探索するために足をゆっくりと進め始める。

月のない闇夜の中、お互いの姿は見えないはずだが、夜目が利くのかゴブリン達はお互いの位置をしっかりと把握しているようで、見事な円陣を作り上げながら大入り江から北へと進んでいく。

「くう……やはり死の大地は乾ききっているな……」

「砂と岩だらけ、生物の気配も水の流れもない……ここに生物がいるとは思えないが……」

「むう……こんなところにトカゲがいるなぞ見間違いだったのでは？」

なんてことを口々に上げながら足を進めて……ある程度まで進めたところで、一番体格の大きいゴブリンが手を上げて、制止の合図を出す。

それから周囲を見回し……何も見当たらない闇夜の光景をそれなりの時間をかけて見回し、それから手を上げたゴブリンは大きなため息を吐き出す。

「やはり見間違いだったか……」

トカゲのような生物そのものが見つからないにしても、これだけ探ったのだから何らかの痕跡は見つけられるはず……足跡や尻尾を引きずった跡や、巣や餌になる何かが見つかるはずだが、ここにはそういった痕跡さえ見当たらない。

ここにトカゲなどいなかった、全ては見間違いだったと、そんな結論を出してゴブリンが踵《きびす》を返そうとすると……少し離れた場所にある岩山の上に、うすぼんやりと鱗を光らせるトカゲが姿を見せる。

「なんと!?　本当にいたぞ!!」

それを見て誰かが声を上げる。

ゴブリンの何人かは両手の鋭い爪を構えて、何人かは大口を開けて大きな牙を構えて、そうやって戦闘態勢に入る……が、トカゲは穏やかな表情を浮かべるだけで何もせずただただ静かにゴブリン達のことを見やってくる。

それからトカゲはまるで何かを促しているかのように何処《どこ》かを……北の方を見やり、それを追ってゴブリン達が視線を北へと向けるとその瞬間、トカゲが放っていた薄く弱い光が膨らみ弾《はじ》けて……トカゲの姿がかき消える。

まるでそこに何もいなかったかのように、音もなく姿を消して、ゴブリンの１人が慌てて岩山を駆け上がって、それまでトカゲがいた場所を調べる……が、そこには何の痕跡も、足跡すらも残されていない。

あのトカゲは一体何者だったのか？　ゴブリン達に何を伝えようとしているのか……？　ゴブリン達の誰もがそんな疑問を抱くが、その答えを得るにはどうにかしてあの不思議なトカゲに接触するしか手は無いだろう。

そうやって好奇心をこれ以上なく刺激されることになったゴブリン達は、少しの話し合いの後に死の大地の探索を本格的に行っていくことを決断するのだった。

イルク村のヒューバートのユルトで————ヒューバート

いくつもの棚が並ぶユルトの奥で、座卓の上に何枚もの書類を広げたヒューバートがペンを走らせている。

棚にはかなりの量の書類が丸めるなり折り畳むなりして押し込まれていて……犬人族の婦人会の面々がそんなユルトの中を掃除したり、棚の整理をしたりと忙《せわ》しなく働いている。

メーアバダル領の地図を作り、王城へ送る報告の手紙を書き、毎月の収支を記録し……内政の全てを担うヒューバートのユルトには、いつからか婦人会が手伝いをしにやってくるようになっていた。

掃除や整理整頓、洗濯や茶などの用意をしてくれていて……そのおかげでヒューバートは仕事だけに集中することが出来ていて……1人だけでもどうにか、それなりの量となる書類仕事を片付けられていた。

(……外からかなりの量の食料やお酒を買い付けている現状でもなんとか黒字ですか……。ですがそれも今だけのこと、岩塩とメーア布の需要が落ち着いてきたら赤字になりかねないですね……。

赤字になった時の解決策としては……新たな産業をおこすか、借金をするか……。借り先としては王城か隣領かということになるのでしょうが……ディアス様の場合、モンスターやドラゴンを狩って素材を売って解決、なんてこともあり得るんですよねぇ)

なんてことを考えながらペンを走らせていったヒューバートは、ユルトの壁にかけてある地図をちらりと見やり……早くあちらの作業も進めたいものだとそんなことを考える。

荒野の開拓が始まったら、更に多くの領地を獲得することになるかもしれない、そうなれば当然新たな地図を作る必要があり、測量をする必要がある。

様々な測量道具を自由に使えるだけでなく、鷹人《たかびと》族による空からの目という特別な力まで借りられるここでは、王都では出来なかったレベルでの測量による地図を作ることが出来ていて……それがヒューバートにとってはたまらなく嬉《うれ》しく、楽しいことだったのだ。

（……以前送った荒野の地図の完成度と言ったら……。

王城の奴《やつ》らがあの地図片手に現地に来たなら腰を抜かすに違いないですねぇ）

更にそんなことを考えてからヒューバートはペンを走らせることを再開させて……その書類を書き上げた瞬間、ユルトの戸がノックされて、ヒューバートが「どうぞ」と返すと洞人族の若者が大きな鉄の塊を抱えながらユルトの中へと入ってくる。

「サナトさん、どうかしたんですか？」

そんな若者にヒューバートがそう声をかけると、サナトは大きな鉄の塊を軽く掲げて見せてから言葉を返してくる。

「ああ、鉱山の試し掘りが終わってな、出てきた鉄でこれを作ってみたんだよ」

その言葉を受けてヒューバートは、手にしていたペンを木製のペン立てに収め、眼鏡の位置を直してから……、

「ど、どういうことですか!?」

と、悲鳴に近い声を上げる。

「いや、どういうことって言われてもな……普通に鉱山で鉄鉱石を掘って、それを精錬して鉄を作って……それでもってこれを作ったってだけの話だが……」

まるでなんでもないことのように返してくるサナトにヒューバートは、もう採掘出来るところまで鉱山開発が終わったのかとか、そんな物が出来る程の鉄鉱石が採掘出来たのかとか、それを精錬して加工出来るまでにいつの間になっていたのかとか、そんなことを言いたくなってしまうが……完成した物がそこにあるのだから、そんなことを言っても仕方ないかと言葉を呑《の》み込み……思考を切り替えて別の言葉を口にする。

「な、なるほど……それでそれは……鉄の鍋ですか？　何故《なぜ》わざわざ鉄の鍋を？」

そう言ってヒューバートが視線をやったそれは、両手で抱える程の大きな黒鉄鍋だった。

本体も鉄、取っ手も鉄、蓋も当然鉄製で……蓋の中央がどういう訳か、上に向かって大きく伸び上がっている。

「ディアスが隣領で食べたとかいう、蒸し鍋料理の話を聞いてな、それをこっちでも作れないかと思ってそれ用の鍋を拵《こしら》えてみたんだよ。

この蓋の中央部分で湯気を冷やして水に戻して落として……それで蒸すって感じだな。

もちろん普通の蓋も作ったぜ、本体と同じく蓋も分厚く作ったから、蓋の上に炭を置いて上下から焼く、なんてことも出来るって訳だ」

そんなサナトの説明に興味を持ったのか、婦人会の面々が興味深げな視線を送る中、ヒューバートは顎に手をやり「ん〜〜〜」なんて声を上げながら頭を悩ませる。

料理のことはよくは知らないが、話を聞いた感じでは道理にかなっているようにも思える。

ぱっと見た印象では作りも良いようだし……洞人族達が精製したのであれば、鉄の純度も良いのだろう。

しっかりとした作りで頑丈で、美味しい料理が作れるとなれば収支を支える商品となってくれるか……？　と、そんなことをヒューバートが考えていたところ、またもユルトの戸がノックされて、返事をすると何枚かの紙を手にしたエリーがやってくる。

「はい、これが今回の売上報告書、今のところ需要が下がるような様子はなくて、売上は好調ね……って、サナトちゃん、その大きな鍋、どうしたの？」

やってくるなりそんなことを言いながら手にしていた紙をヒューバートに渡してきたエリーは、すぐにサナトが持つ鍋に目を付けて……それからサナトが鍋の詳細を説明し、ヒューバートがこれを商品に出来ないものか？　と、そんな問いを投げかける。

するとエリーは難しい顔をしながら「んー……」と唸《うな》り、それから鍋を受け取って重さを確かめ……そうしてから口を開く。

「売れるか売れないかで言えば売れるんだけども、これはちょっと商品にしにくいわねぇ。

なんでしにくいかっていうとまずこれね、重いのよ。

重いとそれだけ馬が疲れるし運搬に日数がかかっちゃうし運べる量が限られちゃうし……売れたとしても利益が今一つになっちゃうのよねぇ。

軽くて大人気のメーア布の……大体十分の一とか、そんな利益になっちゃうんじゃないかしら。

それともう一つ……これ、売っちゃって良いものなの？　鉄の使い道と言えばやっぱり武器や防具な訳で……武器にも成り得る上等な鉄をホイホイ売っちゃうのってどうなのかしら？　投資してくれた獣人国や、鉄不足で悩んでいた鬼人《きじん》族のことも考えなきゃいけないし……鉄を売ってくにしても、もうちょっと純度を下げるとか質を下げるとかしないと、駄目なんじゃないかしら。

っていうか鉄が出来てまずお鍋って……サナトちゃん、ゴルディアさんの酒場にハマってるみたいだけど……お酒も程々にね？　飲んで食べてばっかりだと太っちゃうわよ？」

そんなエリーの発言を受けてヒューバートとサナトがハッとした顔になっていると、ユルトの外からドタバタと騒がしい足音が聞こえてくる。

それは犬人族達が懸命に駆けている時の足音で……犬人族達がそんな風に駆けているのは何かがあっての報告を持ってきた時だと知っていたヒューバート達はそれぞれの頭の中で何があったのかとの推測をする。

どちらかの関所で何かがあったのか、来客でもやってきたのか、モンスターが現れたのか……それとも荒野に行っているディアスがまた何かしでかしたのかと、そんなことを考えていると、ユルトの外で犬人族達が元気な声を上げ始める。

『ディアス様ー！　どこですかー！　カエルの人達が西側関所にやってきましたよー！』

『なんか前のお礼とか色々持ってきてくれたみたいですよー！』

『カエルの人達、なんでかビックリして腰抜《かし》かしてましたよー！』

そんな声を受けてヒューバートは首を傾げる。

カエルの人達というのはペイジン商会の誰かなのだろう。

前のお礼、というのはアースドラゴン討伐と難民の保護に関してだろう。

では何故お礼の品を持ってきたペイジン商会が腰を抜かしたのだろうか……？

その答えはエリーから返してもらった鍋を大事そうに抱えていたサナトの口から出てくることになる。

「ああ……そう言えば以前ペイジン達が来たのはまだまだ関所が未完成の時だったな。今は親父《おやじ》達がはりきったせいでそれなりの出来になってるから、それで驚いたんじゃないか？」

その言葉を受けて首を傾げていたヒューバートは納得して頷く。

鉱山をこんなにも早く完成させ採掘までした洞人族達だ、関所だってかなりの出来となっているはず……。

それを詳しい事情を知らないペイジンが見たなら驚くのも当然で……納得出来たヒューバートはゆっくりと立ち上がりながら声を上げる。

「ペイジン商会が来たというのならすぐにでも対応すべきでしょう。エリーさん、お手数ですが先に西側関所に向かって対応をお願いします。

自分は犬人族達にディアス様への言伝《ことづて》を頼み、ディアス様が到着次第一緒に関所に向かいます。サナトさん、その鍋に関してはとりあえず婦人会に使ってもらうことにしましょう、竈場《かまどば》に運んでおいてください」

その言葉を受けてエリーもサナトも素直に頷いて……そうして３人はそれぞれにユルトを出て、行動を開始するのだった。

イルク村に駆け戻り――――ディアス

駆けてきた犬人族からの連絡を受けて急いでイルク村に戻った私は、早速ベイヤースに跨《また》がり西側関所に向かおうとしたのだが、そこでアルナーから待ったがかかった。

「今から関所に行ったら、到着する頃には日が暮れるだろうから、向こうで泊まってくると良い。そのための道具を渡すから少し待っていろ」

と、そう言ってアルナーは倉庫に向かい私達のユルトの中に入り……それから丸めた大きな布という感じのものを持ってきて、ベイヤースの背に載せ鞍に縛り付ける。

「これは狩りで遠出する時に持っていく、外泊用の道具一式だ。

１人用の小さなユルトを作るための短い柱と布と寝床用の布袋、汚れを拭く用の何枚かの布と着替えと……必要ないとは思うが非常食も入っている。

干し肉と干しチーズと茶で……まぁ、口にしたくなったら遠慮しなくて良いぞ」

縛り付けながらそう説明してくれて……私はそれらに視線をやりながら言葉を返す。

「干し肉と茶は分かるが、干しチーズなんてのもあるんだなぁ……美味しいものなのか？」

「いや？　あくまで保存食で長持ちすることだけを考えて作っているから、硬いやらすっぱいやらで美味しいものではないな。

大きなチーズをこれでもかと干して凝縮させたものだから、一欠片食《かけら》べれば一日か二日は動けるはず……だ。

……ディアスの体だともしかしたら二日は無理かもしれないな」

「……す、すっぱいのか」

なんて会話をしているうちにアルナーの馬であるカーベランを借りたダレル夫人の方の支度も終わり……乗馬が得意ではなく、ダレル夫人に手綱を任せることになったヒューバートもまた遠出の支度を終えてダレル夫人の手を借りながらカーベランの鞍に跨る。

ダレル夫人はただ手綱を任されただけでなく、関所やペイジンのことが気になっての同行で……外国の人物に対し、しっかり応対出来ているのかと私の言動を見張るつもりでもあるようだ。

いつもの服ではなくズボン型の乗馬服を身にまとい、装飾のついた乗馬鞭《むち》を腰に下げ、ついでに護身用と思われる短めの細剣も反対側の腰に下げている。

この辺りでは……というか、イルク村では乗馬鞭を使った乗馬をしないので、鞭は必要ないと言ったのだが、ダレル夫人が言うには使わないとしても腰に下げておくのが貴族の嗜《たしな》みであるらしく……実際鞭を見てみると、一度も使ったことがないことが分かるくらいに、傷も汚れもついていない。

というか無駄に金銀や宝石が使われた作りになっているので、仮にアレを使ってしまったなら、それらが剝がれ落ちての大損害となってしまうことだろう。

そんなダレル夫人が跨るカーベランの鞍にも2人分の外泊セットが縛られていて……これから行く関所にもユルトやら食料やらは十分にあって、そこまでの準備は必要ないとは思うのだが、そう言ってみてもアルナーは念のためだからと意見を変えずに、外泊セットをしっかりと固定する。

まぁ、今回使わなかったとしても、いつかは使うかもしれないし、毎回こうやって持っていくということが大事なのだろう。

いざという時のための準備は無駄に終わった方が良い訳で……と、納得したところで手綱をしっかりと握って、ベイヤースに早足で、との指示を出す。

そうしてベイヤースが駆け出して……それをダレル夫人とヒューバートが乗るカーベランが追いかけてくる。

そんな私達の周囲には護衛役のセンジー氏族達がいて……ベイヤース達の早足にもしっかりつい

てくる。

西へまっすぐ綺麗に出来上がった街道を進み……その街道の両脇には洞人族達が頑張ってくれたのか、結構立派な柵も出来上がっている。

私の腰程の高さの杭を打って、ロープで繋《つな》いでいって……街道を通る人達が鬼人族の領土に入り込まないようにと注意書きをした看板も定期的に設置されている。

『街道出るべからず、牧草地荒らした者、例外なく罰金刑』

鬼人族のことを上手く伏せたその文句は、ヒューバートが考えたものだそうで……かなり高い柵を、罰金を払うかもしれないのに乗り越えるようなのは……まぁ、そうはいないはずだ。

綺麗な石畳が並ぶ街道を進んだなら、途中の休憩所でしっかりと休憩し、それからまた進んでいって……そうしてアルナーの言っていた通り、日が暮れる頃に関所へと到着する。

そこにあるのは関所というかなんというか、横に広い砦《とりで》といった印象だ。

前来た時よりも城壁が立派になっていて、壁の上を歩くための歩廊なんかも整備されていて、石造りの櫓《やぐら》や、バリスタか何かを置くつもりらしい立派な土台やらが見て取れて……私達が近付くとすぐに歩廊の上で動きがあり、立派な造りの門が開かれていく。

「……ペイジンさんという方が持ってきたという謝礼とは、どの程度の規模のものなのでしょうね」

ゆっくりと開いていく門を眺めていると、隣にやってきたダレル夫人が……背後で青い顔をしてぐったりとしているヒューバートを半目で見やりながらそんな声をかけてきて、私は首を傾げながら言葉を返す。

「さぁ、どうだろうなぁ……？

アースドラゴン討伐と、避難民の保護に関しての礼だと思うんだが、避難民の扱いに関してはモントやジョー達に任せていたからなぁ……。

被害はなし、いくらかの食料と物資をもたせた上で帰してやって、復興も無事に終わって以前の暮らしを取り戻した……と、そんな報告があったくらいだな」

「なるほど……ドラゴンの討伐と避難民の保護の謝礼……。

流石《さすが》に過去に例がなく、予測や比較は不可能でしょうね……。

変に多すぎたり少なすぎたりした場合には相応の対応が必要なのですが……適切な例や根拠がないとなると判断が難しくなりそうです」

人助けを頼まれ、人助けをした。

ただそれだけのことなのにそこまで考える必要があるのかと私が驚く中、門が開かれ、中に入るように促され、それに従ってベイヤース達を進めさせると、以前目にしたものとは全く違う関所の中の光景が視界に入り込んでくる。

まず土床だったのが綺麗な石畳で覆われている。

街道に敷かれていたものとは全く違う、飾り気を意識したものとなっていて、色とりどりだったり模様が刻まれていたりと、驚く程に手の込んだ造りとなっている。

それは思わずここが屋内……立派な屋敷の中だと錯覚してしまう程のもので、ここが関所の中庭だということを忘れかけてしまう。

そんな中庭は石畳の色や模様で区画分けのようなことがされていて……今後ここで荷物の検査や入国の審査と許可、市場を開いての売買が行われるそうだから、その時のための区画分けなのだろう。

中央には花でも植えるのか花壇のような区画もあり……そしてその向こうに、今まで何度も見てきたペイジン達の馬車が……何台もの馬車が並んでいる。

そして腰を抜かしたとかなんとか報告があったペイジンは、交渉役のエリーと関所の主《あるじ》であるモントを前にして揉《も》み手をしながらペコペコと頭を下げていて、とりあえず元気ではあるようだ。

そんなペイジン達の様子を何事だろうかと眺めていると、ジョー、ロルカ、リヤンの３人が駆けてきて……同時に駆けてきた犬人族達と共に手綱を手に取り、ダレル夫人やヒューバートが馬から下りるのを手伝い、馬の世話を始めながら声をかけてくる。

「ディアス様、ようこそ関所へ！　どうです？　中々の完成度でしょう？」

と、言っても頑張ったのは洞人族なんですけどね」

「洞人族達は関所の内部、あちらの煙突から煙が出ている辺りに工房を移しましたので、今はそちらにいます。

毎日毎日頑張ってくれているので後で声をかけてやってください」

「ペイジン家の方々は今までも何度か状況報告に来てくれていたのですが……これだけの規模での来訪は初めてのことですね」

ジョー、ロルカ、リヤンの順でそう言ってくれて……私はベイヤースから下りて、手綱を預けてジョー達に「分かった、ありがとう」と返してからペイジンの方へと足を進める。

するとペイジンはこちらに気付いて満面の笑みを浮かべながらピョコピョコと跳ねはじめ、跳ねながら頭の上でペチペチと手を合わせて叩《たた》く。

そうやってペイジンが跳ねているとその後ろから小柄な……黒くて丸い顔の、キコやヤテンのものによく似た服を着た……獣人？　亜人？　がひょっこりと顔を覗《のぞ》かせる。

初めて見る亜人だなぁとその子のことを見ていると、ペイジン・ドが手を更にペシペシと叩きながら声をかけてくる。

「いやぁ、ディアスどん！　こんな立派な関所が出来上がってるだなんてもう、あっしは驚くやら嬉しいやら！　これから行商に来る度にこの立派なお宿でゆっくり休めるのはありがたいことこの上なし！

ペイジン商会の代表としてお祝いと感謝の意を示させていただくでん！　いやぁ、あっしらの未来は明るいですなぁ！」

どうやらペイジンの不思議な動きは、関所が完成しつつあることを祝う踊りのようなものであるらしく、私が礼を言うとペイジン・ドは更に嬉しそうに手を叩く。

そんなペイジン・ドの後ろでは先程の子供が……大きな目をした、黒くツルンとした頭の子が興味深げにこちらを見ていて……私がその子に視線を返し、挨拶をしようとすると、それに気付いたペイジン・ドがなんとも楽しげな様子で言葉を続けてくる。

「ああ！　すっかり紹介を忘れていたでん！

こっちのはペイジン・ドシラド、あっしの長男でして……未来のペイジン商会を担うことになる我が子を、お得意様であるディアスどんに紹介しておこうと連れてきましてん！

ほれ、ドシラド、おとんが教えてやった言葉で挨拶するでん」

「ハ、はじめまして、ドシラド、でス！」

ペイジンに促されてその子が、なんとも可愛《かわい》らしい……ペイジン一族とは思えない程の綺麗な声で挨拶をしてきて、それを受けて私達はドシラドの前へと進み、しゃがんでから挨拶をし、ドシラドの小さな手と握手をする。

ペイジン・ドに似てその手はしっとりとしていて形もそっくりで……こういう種類のフロッグマンなのだろうか？　と、私が首を傾げていると、

「……ああ、確かにカエルの子は、こんな見た目をしていましたね……」

と、挨拶を終えたヒューバートがそんなことを呟いて……子供の頃に湖で見たカエルの子供のことを思い出した私は、妙に納得してしまって「なるほど」との言葉を口にする。

そんな私達の様子を見てか首を大きく傾げたドシラドは、ペイジン・ドが自分に視線を向けていることに気付いて慌てて姿勢を正し、

「ミ、未熟ながら懸命に励んでいきますノデ、今後ともご贔屓《ひいき》頂ければと思い、マス！」

と、そう言って、ペコリと頭を下げてくる。

見た目も声も可愛らしく、ペイジン達とは似ていないようにも思えるが……大きな目や表情、仕草なんかもそっくりで……ペイジン・ドの我が子を見る温かい視線からも、２人が親子であることがよく分かる。

そんな風に我が子の挨拶がちゃんと出来たことを確認したペイジン・ドは、満足げに頷いてから後方に控えていた馬車列に指示を出し……それから私の方へ向き直り、その大きな口を元気よく開く。

「さてさて、本日は商いではなくお礼に参りましたでん！

あっしらの土地に湧いたアースドラゴンを討伐してくれた上に、避難民を手厚く保護してくださって、本当に本当に感謝の意に堪えないでん！

領主不在の地の弱き民を守り、大きな被害が出る前に事態を終息させたこと、大手柄だと獣王様からのお褒めのお言葉も頂いて……ペイジン商会の立場も評判もうなぎのぼり！　それもこれも全てディアスどん達のおかげでございまさぁ！

父オクタドも大変な喜びようで……今回のお礼はそれはもう、奮発ってな言葉では表せないよう

な奮発っぷりでん！」

　そう言ってからペイジン・ドは、分厚い紙を長方形に……変わった畳み方でもって畳んだものを持ってきて「目録でん」と手渡してくる。

　それを受け取り広げると、王国語で長々と様々な品が書かれていて……、

「いや、多いな!?」

　と、思わずそんな言葉が口から漏れ出てしまう。

　それを受けてペイジン・ドは、にっこりと微笑《ほほえ》み……私の周囲で目録の内容を気にしているヒューバート達や犬人族達や関所で働く皆にも教えてあげようとしているのか、大きな声で目録の内容を口にしていく。

「まずは食料でん！　鷹人族っちゅー人らが活躍してくれたと聞いたでん、彼らのための干し肉を四樽《たる》！　それから麦に米なんかの穀物と保存が利く野菜も合わせた食料を馬車一台分、持ってきたでん！

　獣人国で作っとる香辛料や茶もあって……それと酒の方も頑張ってくれた兵士どん達のために用意させてもらったでん！

　もちろん相応のお礼ということで金銀も用意させていただきましてん、更に更に宝石をいくらかと獣人国の上等な服と布も山ほど用意させていただきましたでん、奥方達もお喜びになられると思いますでん。

「そんでまぁ……目録の最後にあるように我が家の家宝もお持ちしましたでん」

そう言ってペイジンは先程と違ってバチンッと力強く手を叩き、それを受けてペイジンの部下の熊人族《くまびと》が大きな包みを両手で抱えて持ってくる。

「家宝……？　一家の宝をくれる気なのか？　大事なものなのだろう？」

その様子を受けて驚いた私がそう言うと、ペイジン・ドはこくりと頷き言葉を返してくる。

「あっしも驚いたんども、父上がそう決めたもんで。

理由は父上の勘がそう言ってるからだんとか……大商人である父上の勘は侮《あなど》れんでん、あっしらも反対せずその決定に従うことにしたんでさぁ。

まー……家宝とは言えんど、ただ古いだけの絨毯《じゅうたん》でしかないでん、友好の証《あかし》とでも思ってくれたら良いでん。

色合いは古くっさいのに妙に頑丈で、ほつれもしないもんだから、いつまでも新品みたいでん。

そんな訳だからこの絨毯を持っていると家が没落しないとか、いつまでも繁栄するとか言われている縁起の良い品ですん」

ペイジン・ドの説明が続く中、包みが私に手渡されて……それを両手で抱えた私は、なんとも言えない感覚を抱いて首を傾げ……それからすぐにその感覚が何であったのかと思い出し、包みを床に置いて広げていく。

「……もう何度目だろうなぁ、これだけ続けばいい加減覚えるというか……。

しかし絨毯か、武器が多かった中で絨毯とはどういうことなんだろうな」

広げながら私がそんなことを言うと、私が言わんとしていることを察したヒューバートが、

「ディアス様、室内で試すべきでは……？」

と、声をかけてくる。

戦斧《せんぷ》や火付け杖《づえ》のような力を持っているかもしれない絨毯、その力をペイジン達の前で見せるべきではないと、そう言いたいらしいが……まぁ、ペイジン達なら大丈夫だろう。

「これだけ友好の意志を示してくれている訳だし、ペイジン達の家宝だった訳だし……ペイジン達には知る権利があるだろう。

……力の内容次第ではオクタドに返した方が良いかもしれないしなぁ」

ヒューバートにそう返した私は包みの中の絨毯を……赤い鳥とそれを囲う炎が描かれた不思議な柄の絨毯を包みの上に広げる。

それからどう使ったものかと首を傾げて……とりあえず両手を絨毯の上に置いていつものように力を込めてみる。

すると鳥の模様が赤く光って……光って……光っただけで特に何も起きない。

「な、何事だでん!?」

そう声を上げてペイジン達が、そしてダレル夫人が目を見開いて驚く中、私とヒューバートは首を傾げ……そして何故だかわぁっと声を上げた犬人族達が駆け寄ってきて、ズザーッと絨毯の上へ

と飛び込む。

そうしてゴロゴロと寝転がり、絨毯の柔らかさを堪能《たんのう》しているのか目を細め……そんな様子を首を傾げながら見ていたダレル夫人が、何かに気付いて悲鳴に近い声を上げる。

「き、傷が!?」

そう言って夫人は犬人族の足の裏を指差す。裸足で駆けてきたからか犬人族の足の裏の肉球が遠目で分かる程に傷ついていた……のだが、それがすっと塞がり癒えていく。

それだけでなく犬人族達のザラつき固くなっていた肉球がツルンとした、柔らかそうなものへと変化し……それに驚いたヒューバートがそっと絨毯に手を置くと、書き仕事が続いたせいか荒れ気味だった手が綺麗な、肌艶のあるものへと変化していく。

そんな光景を見てか、それともダレル夫人の声を聞いてか、コツコツと義足の音を鳴らしながら駆け寄ってきたモントが絨毯の上に手を置き……それから自分の足に変化が無いことに露骨に落胆する。

「チッ、そう上手くはいかねぇか」

なんてことを言ってからモントは犬人族達の様子を見やり「ふぅーむ」と声を上げ……それから懐からナイフを取り出し、袖をまくってからザクリと腕を斬りつける。

すると血が流れると同時に傷が治っていき……絨毯から手を離したモントが血を拭うと、傷は綺麗さっぱりとなくなっていて……そんな様子を見た私達は、赤い光を放つ絨毯を驚くやらなんて力だと興奮するやらで目を見開き……見開いた目でもって絨毯のことをじぃっと見つめるのだった。

少しの沈黙のあと、ペイジンや私を中心に絨毯の周囲は大騒ぎとなったが……意外なことに関所の皆の反応はそこまでのものではなかった。

怪我《けが》がこんな簡単に治るなんてとんでもないことだと思ったのだけど……モントが言うにはこういうことらしい。

「戦斧の破損が直ったり、投げた手斧《ておの》が戻ってきたりも大概だろうが。確かに驚きはしたが、流石にもう慣れたってんだよ」

ジョー達も同意見らしく、資材を持ってそこらを歩いていたり、関所の工事を進めたりしている洞人族はそんなことよりも仕事だといった様子で……大げさに驚いてしまった私達の方が少数派といった有様だ。

そんな中ヒューバートが、

「い、いやいや、十分とんでもない力ですから……詳細の検証をしましょう。

他の武器のように魔力を込める必要があるのかとか、本当にディアス様にしか起動出来ないのかとか、どのくらいの魔力でどの程度の怪我が治るのかとか……場合によっては受け取らず、オクタドさんに返却する必要もあるでしょう」

と、そう言って……そこから関所に常駐している鬼人族の女性の力を借りての検証が始まることになった。

まず絨毯の力を使えるのは私だけであるらしい。

ジョー達もモントも、ペイジン達も護衛も鬼人族の女性も、洞人族も起動することは出来なかった。

そして魔力はかなりの量を込める必要があるらしく……怪我の程度によっても必要な魔力の量が変わるようだ。

小さな怪我一つでも少なくない魔力が必要で、二つ三つとなったら更に必要で……モントが手首から肘までの間に血がにじむ程度の切り傷を二ヶ所作った際には、それを治すのに隠蔽魔法で関所全体を覆い隠せる程の魔力が消費された……らしい。

正直魔法とか魔力がどんなものか分からない私にはよく理解出来なかったのだが……魔法を得意とする鬼人族の女性によると、放っておけば治る程度の傷にこの消費量は、あまり効率が良いとは言えないそうだ。

効率が悪いながらも、この絨毯は結構な魔力を溜め込んでくれるんだそうで……毎日少しずつ使わずに余った魔力とかを溜め込んでいって、誰かが大怪我した時などの緊急時に使うのであれば頼りになるだろうとのことだった。

そんな検証を一通りに終えて、日が沈み始めて関所の各所でかがり火が灯《とも》り、夕食の準備とか私達の寝床の準備とかで関所全体が騒がしくなる中……私がペイジンに、この絨毯は受け取れないと、こんなに凄《すご》いものはペイジン達が持っているべきだとそう言おうとした折、ずっとペイジンの後ろで控えめに様子を見守っていたドシラドが声を上げる。

『―――――!!』

それは聞き覚えがないと言うか、私が全く知らない言葉だった、恐らくは獣人国の言葉なのだろう。

無邪気に楽しげに笑いながらのドシラドの一言を受けてペイジン・ドは頭をペチンと叩きながら言葉を返す。

「いやいや、確かにおとぎ話でそんな話があったでんども……所詮はおとぎ話、まさか本当にあることだとは誰も思わんでん……。

っちゅーかドシラド、ここでは教えた言葉だけを口にしろと何度言ったと―――」

そんな言葉の途中でペイジン・ドは絨毯のことをじっと見つめて、それから私のことを見つめて……何故だか交互に何度か私と絨毯のことを見つめて、それから腕を組んであれこれと考え始める。

そんなペイジン・ドに対しドシラドは、あいも変わらず楽しげに向こうの言葉を口にし続けて……絨毯を指さしながら同じ言葉を繰り返している辺りから察するに「凄い凄い!」とか、そんなことを言っているのだろうか?

それからしばらく待ってみたが、ペイジン・ドが何かを言うことはなく……仕方ないかと私は咳《せき》払いをしてから口を開いた。

「あー……ペイジン、こんな力があるだなんてオクタドも知らなかったんだろうし、これは受け取らずに――――」

　すると私が言わんとしていることを察したらしいペイジン・ドは意を決したような顔となり、私の言葉の途中で「ゲコッ！」と声を上げて……私の言葉を止めてから言葉を返してくる。

「いえいえ、これは一度贈ったものですでん、どうぞどうぞ遠慮なく受け取って欲しいでん。

　一度贈ったもんを後から高価だと分かったからって、返してくれなんて言うのは商人としては恥だでん、あっしだけでなく当家に恥をかかさないためにも、ここは一つイルク村の方で役立てて欲しいんでん」

　その言葉に私は、いやいやこれは高価とかそういう話の代物ではないだろうと、そう言おうとしたのだが……ヒューバートやモントから肩をガシリと掴《つか》んでの待ったがかかり、ダレル夫人からもマナー的に良くないとの鋭い視線が突き刺さり……それを受けて私は、絨毯を素直に受け取ることにした。

　そうと決まったらイルク村に持って帰るまで大事に保管しておく必要があるだろうということになり、この関所には宝物庫などは無いので、ジョー達が用意してくれた私の寝室で保管することになり……絨毯をくるりと巻いて持ち上げて肩に担いで運んでいると、溜め込んだ魔力が漏れているのか何なのか、絨毯からキラキラと赤い光が漏れ落ちて……それを見たドシラドが、一旦向こうの言葉で何かを言ってからハッとした顔になり、それから王国語に切り替えて元気な声を上げてくる。

「おとん、やっぱりあの人、おとぎ話の人ダヨ！　じーちゃんが教えてくれたモン！　空《くう》の英雄ってやつデショ!!」

そう言ってドシラドは駆け出して、私の足元を両手を上げながら元気に駆け回り……言葉の意味はよく分からないが、子供が元気なのは良いことだと微笑んでいるとまたそれをドシラドは喜んで……「空、空！」と連呼し、それを受けてか駆け寄ってきたペイジン・ドが声をかけてくる。

「こ、これは失礼しましたでん！

これ！　ドシラド！　お客様に失礼だでん!!

……えぇっと、獣人国のおとぎ話や問答では空、空っぽというのは悪い意味ではないんでさぁ。

何も持っていないからその両手で何でも持つことが出来る、その両手でどんな道具でも使うことが出来る、その両手でどんな人達でも救い上げることが出来る。

無いからこそ有るという良く分からない古い考え方がありましてん……なんでも大昔にそんな人達が大活躍した時代があったとかなんとか……。

父は特にそういった問答を好むでん、ドシラドにもあれこれ教えているようでして……いや本当に失礼しましたでん」

「いやいや、私は別に気にしていないから、ドシラドのことを叱らないでやってくれ。

子供が元気なのは良いことで……ドシラドの様子を見ていると、ペイジン・ドが普段良い父親をしていることが伝わってきて、こちらまで嬉しくなるよ」

なんて言葉を私が返すとペイジン・ドは安堵《あんど》したような様子を見せて、ドシラドもまた嬉しそうに笑って元気に駆け回り始める。

そんな様子を見ながら足を進めて、絨毯を関所の中の、石造りながら中々過ごしやすそうな部屋の奥へと押し込んで……それから私達はペイジン達と一緒に、関所の中庭で夕食をとることにした。

夕食が終わったなら用意してもらったお湯で体を洗い、着替えを済ませて寝床に入り……翌日、身支度や朝食を済ませたならペイジン達と一緒にイルク村へと向かって出立した。

ペイジン達としてはただ礼の品を持ってきただけでイルク村まで来る気はなかったようだが、大量の品にこんな便利な絨毯まで貰ったのだから相応の歓迎の式典をすべきだとダレル夫人が言い出し、それを受けて歓迎の式典……というか宴《うたげ》に招かれたという形での同行になる。

イルク村には昨晩のうちに伝令が出ていて、既に準備が始まっているはずで……到着する頃には準備が整っているはずだ。

ついでというかなんというかペイジン達には馬車何台分にもなる品を運んでもらって……いちいち馬車から下ろして私達の馬車に積み込んで、それから運ぶという手間が省けたのはとてもありがたい。

件の絨毯だけは私が運ぶということになり、ベイヤースの背にしっかり固定しての運搬となり……イルク村につくと広場には宴の席が出来上がっていて……そして朝から張り切って働いてくれたからか、少し疲れた様子のマヤ婆さん達が視界に入り込む。

「……どうせなら怪我だけでなく、ああいう疲労も回復してくれたら良いのになぁ」

広場に到着しベイヤースの背から下り、絨毯を縛っていたロープをほどき、肩に担ぎ上げながら私がそんな独り言を口にすると……いつの間にか側に立っていたベン伯父さんが独り言に返事をしてくる。

「なら試してみりゃぁ良い。疲労が回復しなくたって、あの年なら体のどこかにガタが来ているはずで……それを癒やせれば楽になるだろうさ」

伝令から話を聞いていたらしいベン伯父さんのその言葉を受けて私は、それもそうかと頷いてマヤ婆さん達の下に向かい地面に絨毯を広げて、それからマヤ婆さん達にこの上に座ってくれと声をかける。

するとマヤ婆さん達は首を傾げながらも素直に言う通りにしてくれて……それから絨毯に手を置いて力を込めると、絨毯がまた昨日のように光り……そして光に包まれたマヤ婆さんから感嘆の声が上がる。

「ああ、腰や関節が痛かったのがだいぶ良くなったよ。坊や……また便利なものを見つけてきたんだねぇ」

それに続いて他の婆さん達からも声が上がり……12人もの人間の痛みを癒やしても絨毯はまだ光り続けていて……どういう理屈なのか腰などの痛みを癒やす程度ならば、大した魔力は使わないようだ。

「……なら普段はマヤ婆さん達のユルトに置いてしまっても良いのかもな」

置いておいて絨毯として使って、何日に一回とかで絨毯を起動する。

それでマヤ婆さん達の日々が楽になるのならありかもしれないと、そんなことを考えていると……ヒューバートが私の肩に手を置きガシリと掴んで、

「その辺りにつきましては、皆さんと話し合って決めることにしましょう」

と、いつにない力を込めた声でもって、そんなことを言ってくるのだった。


怪我やマヤ婆さん達の腰痛などにも効く不思議な絨毯。

それの使い道を今後どうしていくかを話し合うため、それからすぐに代表者を集めて集会所での会議が行われた。

参加者は私、アルナー、マヤ婆さん、ヒューバート、ダレル夫人、そしてたまたまイルク村に顔を見せに来たクラウスと犬人族の各氏族長達となる。

ベン伯父さんはせっかくの客人だからとペイジン達の応対をしてくれていて……ゴルディア達など他の面々もそちらで動いてくれている。

セナイとアイハンもペイジン達の下へと向かっていて……犬人族の子供達やドシラドが元気に駆

け回る足音や歓声が聞こえてくることから、どうやら出会ってすぐに仲良くなって一緒に遊び回っているようだ。

「……と、言う訳でこちらの絨毯には怪我を治したり痛みを緩和したりする能力が備わっているようです。

痛みの緩和というよりも見えない部分の怪我を治しているのかもしれませんが……残念ながら自分は医者ではないのでその辺りの判断は出来かねます」

集会所の中央に絨毯を広げて、それを囲うように車座になっての会議で、ヒューバートがそう説明を終えると……普段はあまり意見を言わない、少なくとも真っ先に意見を言うことのないクラウスが手を挙げて口を開く。

「俺から良いですか？　ディアス様はこれをマヤ婆さん達のために使ったそうですけど……それが正解だと思います。

むしろそういった方法以外での使用は厳禁にすべきだと思います」

「……それはまた、どうしてでしょうか？　領兵隊長であれば軍事などでの利用を望むとばかり思っていたのですが……」

ヒューバートがそう返すとクラウスは表情を硬くしながら言葉を返す。

「仮にこれを戦争に使ったとしたら、酷《ひど》いことになりますよ？

これがあるから無茶をしても平気だ、これがあるからこんな作戦もいけるはず、これがあるからもっともっと戦えるはず……と、無茶苦茶なことをし始めてそれが当たり前だと思うようになって……絶対に酷いことになってしまいますよ。

いくら綺麗に治るとは言え怪我の繰り返しは心にも負担をかけてしまうことでしょうし……そんなことになればまず間違いなくおかしなトラブルを招いてしまいますよ。

モンスターが襲ってきたとか、どこかから襲撃を受けたとかで負傷したのを治すのは良いと思いますが、軍事に利用というのは絶対に禁止するべきかと」

戦争に参加した経験があり、今も最前線でメーアバダル領を守っているクラウスの発言だからこそ、その言葉には特別な重さがあり……便利な道具のように考えていたらしいヒューバートもその意味を理解したらしく硬い表情となる。

そうして皆が考え込み始めて、何も発言をしなくなって……ユルトの外から子供達のはしゃぎ声が聞こえてくる中、マヤ婆さんがいつもよりも少しだけしゃっきりとした様子で口を開く。

「あたし達としては節々の痛みを取ってもらえてありがたいったらなくてねぇ、戦争に使わないでこういった使い方をするというのは賛成だねぇ。

それに……よく考えてみると、体の外も中も治して痛みを取ってくれるこの絨毯は、戦争に使うよりもうんと良い使い方があるんじゃないかねぇ」

そう言ってマヤ婆さんは私達のことを見回し……それに釣られる形で私も皆のことを見回し、直後アルナーとダレル夫人がハッとした表情となり、同時に声を上げる。

「出産か！」

「出産ですか！」

それを受けて満足そうに頷いたマヤ婆さんは、細い手を絨毯に伸ばし撫でながら言葉を続ける。

「出産の際の出血で母親が亡くなったり子供が亡くなったり、そういうことはどうしたって起きてしまうものだからねぇ……。

安産続きのイルク村でもいずれはそういうことが起きてしまうはずで……その際にこれがあったらどれだけの助けになることか。

出産の場に坊やを産屋に入れてしまうという問題もあるけど、そこはまぁ……ユルトの外から腕だけ入れて発動させるとか、目隠しをするとか色々手があるからねぇ、問題はないんじゃないかねぇ」

その言葉にアルナーとダレル夫人は力強くうんうんと頷き……ヒューバートもまた力強く頷き、声を上げる。

「なるほど……出産の成功率が上がるというか、安産の可能性が上がる訳ですから、その分だけ人口が増えて、領全体が活気付いて……結果的には軍事利用以上の効果が期待出来そうですね。

人だけでなく家畜の出産でも使えて安定的に数が増やせるのなら……ここには食べきれない程の牧草がありますし例の白い草もありますし……メーアバダル領が家畜の一大生産地となれるかもしれませんね」

それを受けてクラウスも頷き……犬人族達は何かよく分からないけど、家畜が増えるのは嬉しいと頷き……続いて頷いた私は、家畜が増えたイルク村の光景を想像しながら口を開く。

「家畜が増えて……増えてきたら売ったり肉にしたりしていって……。

消費しきれなかったら荒野の岩塩で塩漬けにして……場合によっては肉を氷とかで冷やしながら運搬して両側の関所や、エルダンの所や獣人国に売って……。

馬は高く売れるからそのまま売って……軍馬の教育をコルム達にやってもらって軍馬として売っても良い訳か。

でも売りすぎると隣領の牧場が困ってしまうだろうから……獣人国に売れば良い、のか？」

私の言葉に途中までうんうんと頷き、嬉しそうに聞いていた皆だったが、最後の一言で肩透かしを食らったかのように崩れて頷くのを止《ゃ》めて……それから全員が順番に、私に向かって声を上げてくる。

「ディアス……馬を隣国に売ってどうする」

と、アルナー。

「ディアス様……公爵様なら軍馬を売る権利はありますが、他国にはちょっと……」

と、クラウス。

「戦争中ではないとはいえ、他国に軍事物資を売るのは大問題になりますよ……。

売るにしても王城の許可が必要かと思います」

と、ヒューバート。

「ディアス様、あとで王国法について勉強し直すとしましょう」

と、ダレル夫人。

「坊やはあれこれ考えないで、皆に任せておいたら良いんだよ」

と、マヤ婆さん。

「鬼人族さんのところなら売れるんじゃないですか！」

「隣領が駄目ならこの前来たという貴族達の所はどうですか？」

「遠くまででもしますよ！　護衛!!」

「軍馬の教育ならお任せください」

シェップ、セドリオ、マーフ、コルムと犬人族の氏族長達がそう続けてきて……私はなんと返したら良いか分からず、皆のことを見やりながら頭を搔《か》く。

「……とりあえずこの絨毯の使い道については、普段は緊急時の備え兼、お婆さん達の憩いとして活用し、大怪我や出産の際にも活用。

これ前提の軍事行動はせず、出兵などがあってもなるべくは使わないようにするということでよろしいでしょうか？」

そんな私を見てか、ヒューバートがまとめに入り……特に反対の声は上がらず、それで代表者を集めての会議は終了となる。

会議が終了となるなり、アルナーが絨毯に触れて魔力を流したり、どんな編み方をしているのかと調べたりし始めて……マヤ婆さんやダレル夫人もそれに参加し、ヒューバートとクラウスは今回の会議を経て気が合ったのか、あれこれと語り合いながらユルトを出ていく。

そして氏族長達は、ユルトの外から聞こえる賑やかな声が気になって仕方ないのか、そちらの方へと駆けていって……私もそれについていくかと立ち上がり、後を追う。

するとドシラドと仲良く駆け回るセナイとアイハンの姿があり……その側で嬉しそうにしながら子供達の様子を見守るペイジン・ドの姿がある。

「よかでんよかでん、すっかり元気になって……ここに連れてきて本当に良かったでん」

セナイとアイハンを預かり、結構な間世話をしていたらしいペイジン・ドとしては自分の子供と元気に、仲良く遊ぶセナイ達の姿には色々と思うところがあるらしい。

双子だからという、そんな理由で両親と共に故郷を追い出されることになり……その先で両親が病となり……死を悟った両親たっての願いで２人を預かり、そうして私達と出会うまでの間、世話をし続け……。

あの頃のセナイ達はまだまだ心の傷が癒えておらず、色々と不安定だったろうに、それでも世話をし続けたということはまぁ……それなりの情があったのだろうなぁ。

私はそんなペイジン・ドの側へと近付き声をかけて……改めてそこら辺の話を、感謝の気持ちを込めながらしていく。

そうやって私とペイジンが言葉を交わす中、ドシラドとひとしきりに遊んだセナイ達は広場に絨毯を敷いて、その上にドシラドや犬人族の子供達を座らせて、それから竈場に駆けていって……そうかと思えばすぐにそれぞれ一つずつの器を持って広場へと戻ってくる。

そしてセナイはその器をドシラドに手渡し……アイハンは同じようにペイジン・ドに手渡そうとするが、色々な思いがあってか怯《ひる》んだように動きを止めて……それを見てかセナイが駆け寄ってきてアイハンの背にそっと手を当てて押してやって、2人でペイジン・ドに器を手渡す。

「はい、薬湯！」

「げんきになるから、のんでください」

そんなセナイ達の後ろには見守るような態度のアルナーやマヤ婆さんの姿があり……あの2人がそうしているということは恐らく、あの薬湯はサンジーバニー入りなのだろう。

2人に許可を取ってササッと淹《い》れてきて、そしてそれをドシラドとペイジン・ドに……。

ペイジン・ドに対しては色々と思うところがあるはずの2人が、そうしていることは驚くやら嬉しいやら、複雑な思いを抱いてしまう出来事で……それはペイジン・ドにとってもそうであるらしく、大きな目をギョロリと更に大きくしたペイジン・ドは……静かに微笑んでからしゃがみ込んで器を受け取り、礼の言葉を口にする。

「お嬢様方、あっしなんぞのために手ずからのご厚情痛み入りますでん。早速こちらの香り高い薬湯……頂戴したいと思いやさぁ」

そう言ってペイジン・ドは薬湯を一気に飲み干し……その美味しさに目を丸くしているペイジン・ドを見てセナイ達はにっこりと笑ってお互いを見合い……そうやって2人にしか分からない無言の会話をしてからドシラドの方へと駆けていく。

「……いやはや本当にここに連れてきてと良かったと思うでん。

初めはだんれもいなかったここが、こんなにも賑やかになって……なって……。

いんや、改めて見回すと、よくもまぁたった一年そこらでここまで……あっしなら絶対に無理だったでん」

そんな2人を見送り……その流れで周囲を見回しながらそんなことを言ってくるペイジン・ドに、私は首を傾げながら言葉を返す。

「商人のペイジン・ドならもっと上手くというか……手際よくやってみせたのではないか？」

「いやいや、ぜーーーったいに無理でん無理でん！

あっしじゃぁまんず損得のことばっか考えてこんな風には出来ないでん！

そもそもお1人でアースドラゴンはっ倒して、その仲間までが怪我することなくアースドラゴンはっ倒して……そんなこと出来っちょはディアスどんだけだでん。

あっしだろうが誰だろうが他の誰でんそんなこと出来ようはずもなく……そんだけでなく、あっちゅう間にぎょうさん兵士抱えて、あんな立派な関所まで構えて……そんなディアスどんに敵《かな》うもんなんぞ、まーずこの世に存在するはずがないでん！」

そう言ってペイジン・ドはゲコゲコゲコと笑い……その腹を自らの手でペシペシと叩く。

「いやぁ、戦争中もそうだったが私より凄い、立派な人間は山のようにいるものだぞ？

敵に追い詰められたり苦戦したり……負けそうになったりしたのも一度や二度ではないしなぁ」

一切の偽りなく、心からの本音でそう言うがペイジン・ドはまともに取り合うことなく、むしろ冗談の類《たぐい》と思ったのだろう、更に強い力で自らの腹を叩いて……イルク村中に響き渡る程の声量でゲコゲコゲコと笑い続けるのだった。

マーハティ領　西部の街メラーンガルの領主屋敷で――――ジュウハ

この日ジュウハは領主屋敷の宴会場……エルダンがジュウハのために用意してくれた広い部屋に獣人達を集めての宴会を開いていた。

実力を認められ気心が知れてきて、距離が縮まって……酒盃を酌み交わしながら他愛のない雑談に興じられるようになって。

(ようやく足場が整ったってとこか)

分厚い絨毯の上に車座になって、大量の料理や果物、酒瓶を前にして……そんなことを考えたジユウハは手にした酒盃を傾けて、ようやく美味いと思えるようになった砂糖酒を喉の奥に流し込む。

「ところでジュウハさん、エルダン様と以前、メーアバダル公が敵に回ったらー、という話をされたようですが……もし仮にそうなった場合、打つ手は本当にないんですかね？」

そんな折、犬系の……独特の黒い斑《まだら》模様の獣人にそんなことを言われて、ジュウハは笑顔を作り、軽い声をその獣人に返す。

「基本的には無いと思って良い。

ディアスはあの帝国が……国力で王国に勝る帝国が二十年、あらゆる手を尽くしても倒せなかった男なんだからな」

「はぁ……でもほら、メーアバダル公はお人好《ひとよ》しって話じゃないですか、ならそこを突くっていうか……家族とか領民を人質に、みたいな手もあるんじゃないですか？」

それは酒の場の冗談にしては過激にすぎる、外の人間に聞かれてしまったなら大問題となるような発言で……そのことを承知した上でジュウハは一瞬呆れたような表情をし、それから笑みを作り、なんとも軽い調子で冗談めかした態度を取る。

「そいつは悪手の中の悪手、最悪の一手になるだろうな。

そして……当然帝国にもそんなことを考えて、そんな一手を打ったやつがいた訳だが……まぁ、ひでぇことになったもんだよ」

興味を引くような言い方をし、宴会参加者の注目を集め……話を聞きたいと誰もが口を閉じ、身を乗り出したところでジュウハは、ついでに勉強会でも開いてやるかと、大げさな身振り手振りを交えながら言葉を続ける。

「お前達も何度か戦争を経験して分かっていることと思うが……戦争において相手に勝つために大事なことは、どうやって相手を殺すかじゃぁなく、どうやって相手の戦意を奪うかにある。戦意を失わせて降伏させたり逃亡させたり……敵兵を全部殺して回るよりかは、そっちの方がどう考えても楽だからな。

ディアスもそこら辺は心得ていて……開戦直後に強烈な一撃で敵兵を吹っ飛ばしてみせたり、敵の指揮官の下に一直線に向かって行ってぶっ倒してみせたりと、こと戦意を奪うことに関しちゃぁ大陸一の腕前だったと言って良いだろう。

好んで人を殺す性格でもなかったからか、敵側の戦死者も少ない方でなぁ……そういう意味ではディアスとやり合った連中は幸運だったのかもしれねぇな。

……ただそれはディアスが冷静な時に限る話だ、あれは気長というか悠然というか、他の連中なら激怒することでも平気な顔して受け流すんだが……人質だのなんだの、そういう逆鱗《げきりん》に触れるような手を使われるとな、手が付けられなくなるっていうか、これ以上ないくらいの激昂《げきこう》ぶりを見せるんだよ」

そう言ってジュウハが一旦言葉を切ると、誰かがゴクリと生唾を飲み込む。

ジュウハの言葉からディアスが引き起こしたとされる、玉無し刑事件のことを思い出した者もいたようで……周囲の者達と「そう言えば～」なんてことを言いながら顔を見合っている。

「で、そうなるとディアスはそれをしでかした連中を許さねぇんだよ。

降伏も逃亡も認めない……というか、そうする間もなく全て叩き潰しやがるんだ。

もちろん交渉も脅迫も通じない、あいつは……孤児時代に色々あったようでな、その時の経験からか、そういう連中と交渉したりしても無駄だと、事態が悪化するだけだってことをよく分かっているようなんだよ。

ディアスと真正面から真っ当に戦っていたなら被害も少なかっただろうに、そんな手を使ったがために完膚無きまでの全滅をすることになって……帝国もそこら辺を痛感したんだろうな、いつからかそういった手は使わなくなっていたな」

話に夢中になっているのかそれともディアスに恐怖しているのか、宴会場の誰もが言葉を発することなく、飲むことなく食うことなく、ただただ耳をそばだてている。

そんな獣人達を見てジュウハは、満足そうに頷き……コホンと咳払いをしてから砂糖酒で喉を潤し、更に言葉を続けていく。

「しつこいようだがディアスに関しちゃぁ敵対しないのが一番だ……だがそれでも敵対しちまったならさっさと負けて降伏しちまえば良い。

怒ってさえいなければディアスはお前の言う通りお人好しだからな……降伏した相手に手出ししたりはしないし、何かを奪われることもないだろう。

それが広まったからか戦争の後半はディアスを見るなり降伏する連中ばかりでな、俺様としちゃぁ楽をさせてもらったよ。

それを無意識でやっているんだからまったくディアスって野郎は、戦意を奪う天才だったんだろうな」

奇襲、罠《わな》、暗殺、毒、誘惑、数任せ。

その全てが通じず、うっかり逆鱗に触れたなら甚大な被害が出る。

一種の天災のように扱われ恐れられ……二十年かけて帝国が見出《みいだ》した対策法はただただ降伏するのみだった。

「……ディアスは真正面から挑み、降伏した相手には寛大だ。

それが卑劣な手でなければ、たとえ自分が傷つけられたり仲間が殺されていたりしても、それはお互い国や家族を守ろうとした結果だと怒りを呑み込むことも出来て……なるほど、そういう点においては確かにあいつは英雄だったんだろうさ。

常人じゃぁ呑み込めない怒りもあっさりと呑み込んでいたからな……。

その反動か何なのか、一度激昂したならもう、俺様の声すら届かねぇんだから全くなぁ……。

そうなったらもう4、5人で押さえ込んだ上で説得を続けてあらゆる手を尽くして……それでも止まらねぇんだからなぁ」

そう言ってジュウハは、話はこれで終わりだとばかりに目の前の皿に手を伸ばし、スパイスたっぷりの肉を手に取り、がぶりと食らいつく。

瞬間周囲から一斉にため息が漏れて……獣人達は今聞いた話について思うことを、近くの友人と共にあれこれと語り合い始める。

そうやって場が再び盛り上がる中……ジュウハは話を振ってきた犬系の獣人に鋭く力のこもった視線を送る。

するとその獣人は驚き、肩をすくませ縮こまり……もう余計なことは言いませんと、態度でもって返してくるのだった。

一面の荒野で――ゴブリン達

「勇気の尾びれをうならせろ！」

「ぜーんりょく前進！　勇往まーいしん！　正面とーっぱ!!」

荒野にて一列に並んだゴブリン達が行進をしている。

手に槍《やり》を持ち、大きな木樽を背負い……大量の干し魚を腰に下げて。

「我らが楯鱗《じゅんりん》、岩より硬く恐れを知らぬ！」

「ぜーんりょく前進！　勇往まーいしん！　正面とーっぱ!!」

先頭を行く一際《ひときわ》大きなゴブリンが歌のような掛け声を上げると、大股でのっしのっしと続くゴブリン達はそれに毎回同じ文句を返し……そうやってゴブリン達は未知なる遼遠地帯を突き進んでいく。

故郷たる海から遠く離れ、ギリギリ生活圏と言える沿岸地域も見えなくなり、本音を言ってしまえば恐ろしく不安で、今すぐにでも海が見える辺りへと駆け戻りたいのだが……それでもゴブリン達は前へ前へと進んでいく。

この地を探索するにあたってゴブリン達は入念な準備を行っていた。

体が乾かないように水入りの大樽を用意し、乾いている大地であれば干し魚も作りやすかろうと腰にたっぷりと海水を塗った魚をぶら下げて……。

思惑通り魚はあっという間に乾いて干し魚となって……行進の合間に水をかぶり干し魚を食べれば、死の世界とも思える荒野を、ゴブリン達は怯むことなく突き進むことが出来た。

以前と違ってゴブリン達が円陣を組んでいないのは、荒野に生物の気配がなく、野生の獣やモンスターの襲撃は無いだろうとの結論を出していたからで……今の彼らにとっての最大の敵は飢えと乾きだった。

他にもこうやって命をかけて探索をしても何も見つからないのではないかという恐怖もあるにはあったが……彼らは精鋭、ゴブリンの勇者達、そうした恐怖に打ち勝つことは容易《たやす》いことであった。

ゴブリンの勇者には勇気がある、心の奥底から湧き出し、エラから吐き出される誇り高い力がある。

その勇気をもってすればこんな探索など恐ろしくなく……むしろ未知の世界を探索する、ゴブリン族の歴史に残る大偉業に挑戦出来るということに興奮を覚えてすらいた。

「――しかし、何者とも出会わないと言うのは、それはそれで暇なものだな、あのトカゲも全く見かけぬし……。

そう言えば、かつて死の大地の北部には、地上全てを支配した最強の王がいたそうだが……今もそのような猛者《もさ》は存在しているのだろうか？」

　行進の途中、掛け声を突然やめたリーダーがそんな言葉を口にし……それに続くゴブリン達もまた文句を止めて言葉を返していく。

「猛者がいるのであれば腕試し、したいものですな！」

「地上世界の戦法、戦術は我らとは全く違ったものなのでしょうな」

「いや、武器さえも違うかもしれん、全く未知の魔法を使うかもしれん……なんとも胸が高鳴るのう」

「海原の勇者と地上の勇者の邂逅《かいこう》……まるで夢のようじゃないか」

　そんな言葉と共に大いに盛り上がり……行進しながらあれやこれやと騒いでいって、いっそ足を止めて休憩でもしながら語り合うかと、リーダーが考え始めた折……リーダーの後頭部に生えたヒレがピクリと動いて、直後リーダーが槍を構えて、周囲を見回しての警戒態勢を取る。

　すると他のゴブリン達も同様に槍を構えて周囲を見回し……そしてもう一度ピクリとリーダーのヒレが動き、リーダーの大きな目が空へと向けられる。

「……なんだ、鷹だったか。

　……海辺の鷹と違ってここらの鷹はずいぶんと大きい体をしているが……するとここらにはそれ相応の、あれだけの鷹を育てる程の餌がある、ということなのか？」

　空を見上げながらリーダーがそう言うと、他のゴブリン達は懸命に周囲を見回すが……それらしい気配はなく、何がしかの生物の痕跡はおろか匂いすら嗅ぎ取ることが出来ない。

「うんむ？　餌らしいものは何も無いが……あの鷹はこんな不毛の大地でどうやって生きているのだ？

どこか別の場所に巣があってそこから遠出をしてきた……？　だとしたらこんな何もない所になんだってまた……？

もしや我らを狙おうと……？　であるならば鷹よ、諦めるが良い！　貴様の爪では我らの楯鱗は貫けまい！」

リーダーがそんなことを言いながら頭上の鷹のことをじぃっと見やるとその鷹は、ゴブリン達の頭上をしばらく旋回してから……翼を大きく振るって動きを変えて、驚く程の速さでもって何もない青空を北上していくのだった。

イルク村の広場で――――ディアス

ペイジン達にはイルク村で一晩泊まってもらうことになった。

今回は商売というよりも外交とか友好目的で来てもらった訳だし、大量の食料などを持ってきてもらった訳だし……その上家宝までくれて、アルナーの魂鑑定でかなり強い青になっているということもあり、相応の態度で歓迎すべきだろうとのダレル夫人からの進言があったからだ。

全くもってその通りだということで、早速とばかりにペイジン達のためのユルトを建てていると……バッサバッサといつになく力強い音が響いてきて、何事だろうかと空を見上げるとサーヒィが私の下へと飛び込んでくる。

それを受けて一旦建てかけのユルトから手を離し、手伝ってくれていた犬人族に資材などを預けてからサーヒィを受け止めると、サーヒィはぜぇはぁと荒く息をし……どうにか整えていって、それからなんとも忙しなくクチバシを開く。

「ディアス！　見回りをしていたら荒野に、荒野に……荒野のかなり南の方に変な連中がいたぞ！

あれは……魚か、魚の獣人って言えば良いのか、魚の亜人……か？

魚に手足が生えたみたいな……とにかくそんなのが列を作ってのっしのっしと歩いていてだな……全員が槍を持っていたぜ！

数は全部で６人！　あの感じだと荒野の住人っていうよりかは、どこからか荒野にやってきた……って感じになるんじゃねぇかな。

まぁ、魚なんだから当然川とか海とかからだとは思うんだが……」

そんなサーヒィに対し、私が言葉を返そうとすると、それよりも早く建てかけのユルトの中からニュッと顔を出したペイジン・ドが口を開く。

「あっしは水の中や水辺に住まう魚人族《ぎょじん》に関しては、これこの見た目通りとっても詳しいでん！　特徴をば聞かせてもらえりゃ、それがどんな魚人なのか情報を提供できるかもしれんでん。海の魚人っちゅうのはそれはもう種類豊富で、それぞれ独特の文化や価値観なんかを持っちょるもんで……余計なトラブルを避けるためにも、ここは一つ、あっしに助言させていただければと思うでん」

ペイジン・ドのその言葉に私がありがたいと頷くと、サーヒィは荒野の方を見やりながらその目で見た魚人族の特徴を話していく。

「まず……肌っていうか鱗の色は紺色で、目は丸くて大きくて、ああ、口も大きくて鋭い何本もの牙が見えていたな。

それで槍を構えていて、樽を背負って……服は粗雑でペイジン達に似た上着とか、それと腰巻きをしていたかな。

で……干し魚を腰巻きに下げていて……ああ、そうだ、あいつら自分の鱗のことをジュンリンとかなんとか、そんな呼び方をしていたな」

それらの情報を聞いてペイジン・ドは顎に手を当てて少しの間考え込み……それからゆっくりと口を開く。

「ふんむ……？　王国語で会話してたということは、言葉が伝わる程度の距離の海に住んでる連中……。

そんでジュンリンというのは恐らく、楯鱗のことだでん。

サメとかの独特の鱗をそう呼ぶもんで……外見も合わせて考えるとサメの魚人族だと思われるでん。

この辺りの……南海の鮫人《さめびと》族と言うと……えぇっと、確か……前に古文書で読んだはずでん……」

そう言ってペイジン・ドが頭を悩ませていると、その後ろからドシラドがひょこっと顔を出し、声を上げる。

「おとん、おうちで勉強したから分かるヨ！　南のサメはゴブリン族だったと思うヨ！」

「ああ！　そうでんそうでん！　なんでも大昔にいたというサメから名前を取ったっていうゴブリン族！

なんでも古代にはゴブリンってそれはもう恐ろしい顔をしたサメがいたとかで……それに憧れるというか崇拝する鮫人族は少なくないでん。

だからその鮫人族は自分達のことをゴブリンと呼んでいて……ただまぁ見た目としては普通のサメが立ったような感じだったはずでん！」

ドシラドに続く形でペイジン・ドがそう声を上げてて……私は「ふーむ」と声を上げてから頭を悩ませる。

南の海に住んでいるというゴブリン族、それがまたなんだって水も何も無い荒野にやってきたのか……？

当てのない旅なのか、それとも何か目的があってのことなのか……？

そんなことを考えてから私は、どういう意図であれこちらにやってくるのであれば対応する必要があるだろうとの結論を出し……とりあえず今は作りかけのユルトを仕上げるかと、作業を再開させるのだった。

南の荒野の、更に向こうからこちらに向かってきているらしいゴブリンという名の魚人達。

ユルトを建て終えるなりその場で、彼らとどうにか接触出来ないかと、そんなことをサーヒィと話していたのだが……それをユルトの中で寝床の準備をしながら聞いていたらしいペイジン・ドから、こんな意見が出てきた。

まず魚人である彼らがこちらまで到達するというのは難しい。

かといってまだしっかりとした水源が無い荒野にこちらから向かうというのも問題がある。

だからまずはサーヒィに手紙でも持っていってもらっての交流をしてみたらどうか？　という意見だ。

「あっしらもそうなんですけんど、水の中に住まう亜人っちゅうのは肌がとっても乾きやすいもんで、乾きがすぎるとひどい怪我というか、火傷《やけど》のような状態になってしまうんでさぁ。

だんから陸上を忌み嫌っている種族も多いでんども、王国語を喋《しゃべ》っているっちゅうことは、陸の人間との交流があるっちゅう証拠でもあるでん。

王国の誰か……王国語を喋るだれかと交流があるからこそ王国語を覚えている訳で……ちゅうことは上手くやりゃぁディアスどん達でも交流できるはずでん。

あっしらの一族はそういうことには長《た》けてるでん、こん立派な幕家を用意してもらったお礼っちゅうことで、今回は協力させてもらうでん」

と、そんなことを言ってペイジン・ドは、ペイジン商会がどうやって出来上がったか、なんてことを語り始める。

獣人国ではその昔、陸上に住まう者と水中に住まう者とで対立というか不和のようなものがあったらしい。

争いに発展する程ではないものの両者を隔てる壁がはっきりとある、友好とは程遠いようなそんな状況だったそうで……そんな両者と交流があり、両者の中間のような位置にいたのがペイジンの一族だったんだそうだ。

陸上でも水中でも生きていけて、生活のために陸上と水中その両方を必要としていて……そんな中立と言えば中立、どっち付かずと言えばどっち付かずな立場にいた一族の長《おさ》がある日のこと、このままではいけないと決意を固めて立ち上がり、言葉より利益の方が力があるはずだと両者を相手にしての商売を始めて……商売を通じて両者の仲を取り持っていったんだそうだ。

「そんついでに儲《もう》けさしてもらいまして……陸上と水中の取引っちゅう新たな流れに乗れたおかげで今では大商会となったたっちゅう訳でん！

……ちゅう訳で、あっしらには魚人との取引の第一歩はこれっちゅう決め手がありまして、こん軟膏を手紙と一緒に贈りゃぁ、まず間違いなくゴブリン達は喜んでくれると思うでん。

ディアスどんにはお世話になっちょりますから、今回はタダでこいつを贈らせていただきやさぁ。

ああ、もちろんゴブリンに贈るんは水や食料でも良いでん……が、連中が満足する量となると、そこな鷹人族どんじゃ簡単には運べんと思うでん」


更にペイジン・ドはそんなことを言ってからカバンから小さな壺を取り出し……それを私の方へと差し出してくる。

礼を言いながらそれを受け取り、一体どんな軟膏なのだろうかと木で作った蓋を引き抜くと……なんとも言えない、臭いと言えば臭い独特の香りが中から漂ってくる。


「そいつぁ特別な海藻を煮込んで、薬草やら脂やらを足して更に煮込んだもんで、肌に塗っておけば翌日まで乾燥を防げるって代物でん。

あっしらも陸にいる時は毎日欠かさず塗っちょるもんで、これがありゃぁゴブリン族も乾燥が防げるし活動範囲が広がるしで喜んでもらえると思うでん。

ただしゴブリン族の活動範囲が広がった結果、こん村まで来ちまう可能性もあるはあるで、実際に渡すかどうかはディアスどんが判断してくだせぇや」

そんな説明を受けながら壺の中身を軽く手の甲に塗ってみた私は、蓋をしっかりと閉め直してから、ひとまず皆と相談するかと、集会所へと足を進める。

その途中で犬人族に声をかけ、アルナー達を呼んできてもらい……話し合いを行った結果、ペイジンの言う通りにした方が良いだろうということになった。

この方法にはサーヒィが危険な目に遭うかもしれないという欠点もあったのだけど、サーヒィにはウィンドドラゴンの素材で作った防具もあるし、戦闘経験もあるし……何より本人が、

「流石に陸に上がった魚人の攻撃を受けたりはしねーよ!!」

と、そんな声を上げる程に自信満々だったので、問題無いだろうということになった。

そしてただ軟膏を送っただけでは交流とは言えないので、交流を求める旨を記した手紙を送ることになり……当然というか何というか、その手紙は私が書くことになった。

そういう訳で一旦私のユルトに移動し、座卓に紙とペンとインクを用意し……天井の穴から空を見上げ、空模様を見やりながら季節の挨拶、天気の話、それから私達が何者であるか、なんてことを手紙に書いていく。

「ディアスは手紙書くのは上手いんだよなぁ」

「……手紙の作法に関しては完璧なのですね」

するとと私の背後に立つアルナーとダレル夫人からそんな声が上がり……私はインクが滲《にじ》まないようにペンを進めながら言葉を返す。

「手紙に関しては両親から教わったというか……将来絶対に必要になるからと、何度も何度も書かされたからなぁ……。

定番の挨拶なんかも覚えさせられたし……まぁ、実際こうやって役に立っているのだから、文句もないがな」

「ふーむ……ディアスの両親はディアスが将来領主になると知っていたのか？」

「いえ、まさかそんなことは無いと思いますが……。

ご両親は確か……神官でしたか、そうすると神殿の職務で必要になるのかもしれませんね」

私の言葉にアルナーとダレル夫人がそう続いたところで……ユルトの中に神官兵のパトリック達を引き連れてやってきた女性神官のフェンディアが声をかけてくる。

「東西南北の大神殿は常に手紙を送り合っての情報交換をしておりまして、神殿内において手紙の作法は礼拝の作法に次ぐ必須スキルとされています。

良い手紙が書けるのなら、代筆という仕事も舞い込んできますし……将来仕事に困らないようにとディアス様を想ってのことではないでしょうか？

実際東の大神殿には10名程の代筆役がいたはずですし……詩的かつ非凡な手紙を書くからと大神官に抜擢《ばってき》された方もいらしたはずです。

聖人ディアス様は建国王様を支えるために神殿という組織を立ち上げた訳でして……今もその想いは引き継がれています。

ゆえに神殿は常に国内に目を向け、様々な方法でもって情報を集め、集めたものを東西南北で交換し精査し……何らかの問題を発見したなら独自に対処するか、王宮に知らせるかして……平穏を守ろうとしています。

……その要たる手紙は、本当に重要なものなのですよ」

と、そんなことを言ってきたフェンディアと、その後ろに控えているパトリック達の顔色は、いつもよりも少しだけ悪いものとなっている。

フェンディアとパトリック達は最近、出来上がったばかりの神殿の飾り付けに力を入れている。

ベン伯父さんが設計し、ナルバント達が気合を入れて造った石造りの神殿はまだまだ未完成だ。

外観はそれなりの造りとなっているが中はほとんど手が入っていないし……人が増えてから増築していけば良いだろうとのことで、必要な設備も揃《そろ》っていない。

そんな状況にある神殿をなんとかしようとしているのがフェンディア達で……詳細は知らないが、かなり力を入れて頑張っているようで……その分だけの疲労がたまってしまっているらしい。

「あー……かなり疲れているようだが大丈夫か？

どうしても疲労が抜けないようなら薬湯や薬草を用意するし……飾り付けの報告に来たのだろうが、それも明日でも明後日《あさって》でも構わないだろうし、今はとにかく体を休めたらどうだ？」

私がそう返すとフェンディアは顔を左右に振って、重要な手紙のようだからとダレル夫人に並んで添削すると返してくる。

パトリック達はパトリック達で、重要そうな仕事に取り組んでいる私を守ると鼻息を荒くしていて……それを受けて私はフェンディア達を休ませるためにもと、急ぎで手紙を仕上げていく。

急ぎながらも丁寧に、詩的な表現も忘れずに仕上げていって……書き上げたなら最後にメーアバダル公との署名をし、公爵の印章で押印をする。

全部で十枚と少し多めの内容となってしまったが、アルナーやダレル夫人、フェンディアやパトリック達から見ても問題のない……どころか褒め言葉を貰える程の内容となっていて、私はそれを自信満々といった足取りでもって、ユルトの前で手荷物の整理をしていたペイジン・ドの下へと持っていく。

そして魚人との交流に詳しいというペイジン・ドに最終確認をしてもらうと……手紙全部を読み上げたペイジン・ドから、予想もしていなかった言葉が返ってくる。

「あー……ディアスどん。

あっしの目から見てもこれはすんばらしい手紙だと思うけんども……思わず感嘆の声を上げたくなる程の出来だと思うけんども……ゴブリン達にこの詩的表現は通じないと思うでん。

陸上基準といったら良いのか……水中に住まう者には分かりにくい部分が多いんと、そもそもそも連中が詩を好むかも未知数で……下手をすると回りくどすぎて何が言いたいか分からんと、読むのを拒否されるかもしれんでん。

お手数かとは思うけんども、交流したいんでよろしゅうと、そんな感じに……一枚くらいの短さにまとめると良いかと思うでん」

そんな言葉を受けて私は、手紙を書くのを手伝ってくれた皆と一緒になってガックリと肩を落とし……何も言わずにユルトに戻って簡潔な、用件だけをまとめた手紙を書き上げるのだった。

荒野の空を舞い飛んで――サーヒィ

ディアスがそれなりの時間をかけて……かなりの苦心の末に短く書いた手紙とペイジンの軟膏を、ゴブリン達へと届けるように頼まれたサーヒィは、翌日の早朝から荒野へとやってきていた。

荷物は少量、風はよく吹き、気温が高いのもあってスイスイと空を進むことが出来る。

気温が高くなると空気が軽くなり、空気が軽くなると高く飛び上がるのに力を使わずに済む。

更に魔力を使ってやれば体が大きく浮き上がり、しっかりと風に乗ることが出来て……ウィンドドラゴンの素材で作った防具を身に着けていても、普段の飛行と全く遜色がない。

友好を求めての接触であることを考えると、防具なんてものは邪魔に思えてしまうが……相手が突然攻撃してこないという保証はどこにもなく、ディアスの強い希望もあってサーヒィは、完成したあの時から更に改良されて、より飛びやすく頑丈になった防具をしっかりと身に着けていた。

（ま、このオレが地上からの攻撃を食らうなんてこと、あり得ねぇんだけどな）

と、そんなことを考えながらサーヒィはゴブリンを目にしたあの地点へと向かっていて……そうしながらその鋭い目を地上に向け続ける。

あれからそれなりの時間が経っていて、移動を続けているとするならゴブリン達はそれ相応の距離を移動しているはずだ。

もちろんあの場に留《とど》まり続けている可能性もあるし、南に引き返した可能性も、何かがあって西や東に向かった可能性もあり……今ゴブリン達がどこにいるのかを示す僅かな痕跡も見逃す訳にはいかないと、その目にも魔力が込められている。

鷹人族の目は特別な目だ。どんな高度からも地面を駆ける小さなネズミすら見つけることが出来る。巣穴に潜むウサギや雪の下を進むネズミさえもあっさりと見つけることが出来る。

それに魔力を込めたなら地面を這《は》う虫さえも見つけることが可能で……そんな目でもってサーヒィはあれからもずっと北へと進み続けていたらしいゴブリンの一行を発見する。

ゴブリン達はまだまだ荒野の北部……ディアスが領地とした一帯には到達していない。

だがサーヒィの翼で行き来が出来る程度の距離まで近付いてきていて……一体これまでにどれだけの距離を移動してきたのだろうか？　と、サーヒィはそんな疑問を抱く。

サーヒィの目でも荒野の果てを見ることは出来ない、ゴブリン達がいたはずの海やその痕跡を見つけることは出来ない。

ゴブリン達はこの夏の日差しの下、そんな距離を移動してきたはずで……無謀なことをするなと、そう思わずにはいられない。

侮蔑する気はないが、尊敬出来るものではなく、理解に苦しむと言ったら良いのか……これから上手く交流出来るのだろうかと、そんな気分にもなってしまう。

……と、サーヒィがそんなことをつらつらと考えていた折、サーヒィのことを見つけたのか、眼下のゴブリン達が騒がしくなる。

こちらを見上げて大きく口を開けて何か声を上げていて……サーヒィは攻撃されるかもしれないと警戒心を高めながら高度を下げていき……ゴブリン達の声を聞こうとする。

グルグルと円を描きながら慎重に高度を下げていき……そうして聞こえてきたのは、予想もしていなかった言葉だった。

「おお、なんと見事な鎧《よろい》だ！　力強く美しく、それでいて空を舞い飛べる程軽いのか！」

「むうう、まるで水面《みなも》を舞うエイのようではないか、美しい」

「鷹の戦士か！　ふははは、あの高さ、手も足も出んぞ！」

「これが地上世界か！　この光景を見られただけでも冒険の甲斐《かい》があったというものだ！」

「むははは、枯渇寸前で夢を見られたな！」

「ああ、ああ、これで悔いもない！」

妙に褒めてくれる、警戒するでも敵意を示すでもなく、予想もしていなかった好意を向けてきていて……そしてどこか不穏でもある。

枯渇？　悔いもない？　一体ゴブリン達は何を言おうとしているのかと、そんな疑問を抱きながらサーヒィは、ともあれ好意を向けてくれているなら話は早いと、高度を下げながらクチバシを開き、声を上げる。

「オレは使者だ、友好の使者だ！　ここより北の一帯を治める、メーアバダル公の手紙と、友好を示す品を持ってきた！

敵意はなく攻撃の意図もない、これからそちらに向かうが構わないか！」

するとゴブリン達は大口を開けてキョトンとした顔をする。

鷹が喋ったと驚いているのか、その言葉の内容に驚いているのか……あるいはその両方か。

しばらくの間、大口を開け続けたゴブリン達は、正気を取り戻すなり話し合いを始めて……そして全員が一斉に槍を地面に置き、両手を大きく広げて武器を持っていない、害意を持っていないと示し……そして先頭を歩いていた1人がサーヒィに言葉を返してくる。

「空の勇者よ！　北地の使者よ！　歓迎しよう！　その公とやらが何者かは知らぬがその手紙、受け取らせていただく！」

その言葉を受けてサーヒィは、それでも慎重に警戒をしながら高度を下げていき……言葉を返したゴブリンの前にある、小岩の上に降り立ち、首から下げた小さな革鞄《かわかばん》を翼でもってトントンと叩きながら声を上げる。

「この鞄に手紙と品が入っている！　品については手紙に詳細が書いてあるから、手紙を読んでくれ！」

すると先頭のゴブリンは躊躇《ちゅうちょ》することなく近付いてきて、警戒もせずに鞄に手を伸ばし……中から手紙と小瓶を取り出し、その場に座り込む。

そうして手紙を開いて……何の問題もなく王国語の手紙を読み進めていく。

手紙の内容としてはまずディアスが何者であるか書かれている。

次に荒野の北部と、更に北にある草原が領地であることが書かれている。

そこに近付いてきているゴブリン達を見つけて、話し合いを行い、友好を結びたいとの結論を出したとも書かれていて……そのための話し合いや交流を求めているなんてことも書かれている。

ゴブリン達が望むなら水や食料、ユルトという家も提供するとまで書かれていて……ゴブリン側は何を望むのか、友好にあたっての条件は何か、何のためにここまでやってきたのかも教えて欲しいと、書かれていて……それを読み終えたゴブリンは、仲間達の下へと向かい、あれこれと話し合いを始める。

その話し合いの内容を聞こうと思えば聞くことが出来たサーヒィだったが、ここで盗み聞きなんて真似をする訳にはいかないだろうとあえて顔を背けて、頬に翼を当てる。

そうやってサーヒィは、かなりの時間待たされることを覚悟していたのだが……思っていた以上に早く、あっという間と言って良い程の早さで話し合いを終えたゴブリン達がサーヒィの下へとやってきて……先頭の1人がどういう意図なのかバシンッと、両拳を打ち付け合い、尻尾で地面を叩きながら声をかけてくる。

「うむ、手紙読ませていただいた！　そして貴殿らが心からの友好を望んでいることもよく分かったのだが……その前に一点、どうしても確認しておかねばならんことがある!!　この……ディアスと言う戦士は強いのか！　どのくらいの力を持っているのか！　空の戦士よ、答えてはもらえないだろうか！」

それを受けてサーヒィは、小さく首を傾げてから……そのくらいは教えても問題はないかと頷き、言葉を返す。

「ディアスの強さは本物だと思うぞ。

戦争で二十年も戦って救国の英雄なんて呼ばれるようになって、1人でアースドラゴンを狩った訳だし……ゾルグって隣村の戦士や、オレと一緒にウィンドドラゴンも狩っていて……オレが知る限り最強なんじゃねぇかな、あいつは」

そう言われてゴブリン達は、両の拳をぐっと握る。

そうして喜色に満ちながらも好戦的な笑みを浮かべ、やはり猛者が王なのかとか、噂《うわさ》は本当だったかと、そんなことを言い始め……そしてそのうちの1人が、聞き逃すことの出来ない、とんでもない言葉を口にする。

「水が尽きかけていた所にこの出会い……やはり神々は我らを見てくださっているのだ！」

「は？　水が？　この荒野で!?　い、いやいや、なんで残り半分ってところで引き返さなかったんだよ!?」

その言葉にサーヒィが思わずといった感じで言葉を返すと、不快感を示すこともなくそのゴブリンは大きな口の口角をグイと上げた笑顔で言葉を返してくる。

「仕方あるまい！　見てみたかったのだ、未知の大地を！

己の内で渦巻く冒険心がここで引き返すなどとんでもないと叫んでいたのだ！

そんな冒険心があればこそ、我らはこの役に抜擢されたのだ、ここまで来られたのだ！

そもそも冒険心に突き動かされる無謀者でなければ死の大地を冒険しようなどとは思うまいよ!!」

つまりゴブリン達は己が冒険心に全てを任せた結果、真夏の荒野で遭難しかけていたらしい。

背負った大きな樽はほぼ空っぽになっている。

引き返すことはまず不可能、サーヒィとの出会いがなければ遭難死は確実で――

「――い、いやいや、まだまだ安心できねぇっつうか、現状かなり危ういだろ!?

どうにかディアス達に水を持ってこさせねぇと……っていうかもう、鷹人族総動員してでも水を運んでやらねぇとコイツらこのまま死んじまうんじゃないか!?

荒野に造ってる水路はまだまだ遠いし……ああもう、お前らここで大人しく待ってろ！　今から水やら食料やら運んでやるから!!」

サーヒィがそんな大声を上げるとゴブリン達はお互いの顔を見合ってから、大きく口を開けて……地面や己の胸や足を叩いての大笑いをする。

ここに来て良かった、良い出会いがあった、きっとあのトカゲは神々の使者に違いないと、そんなことを言い始めて……サーヒィは神々の使者のトカゲという、聞き覚えのある単語に首を傾げながら大きく翼を広げて力強く振るい、乾いた風の吹く大空へと、勢い良く飛び上がるのだった。

イルク村の竈場で――――ディアス

帰還したサーヒィからの報告を受けて私達は、大慌てでゴブリン達を助ける……というか歓迎するために動き始めた。

まずは水の運搬、乾ききった6人分の量となるとサーヒィ達だけでは負担が大きすぎるとなり、鷹人族の村に頼んで運搬を得意とする力自慢の者達に手伝ってもらうことになった。

鷹人族達はまた良い稼ぎが出来ると喜び勇んで声を上げてくれて……20人程で交代しながら、北上し続けているらしいゴブリンの下へ水や食料を運んでくれるそうだ。

鷹人族に任せるだけでなく、ラクダや馬車を使っての運搬をしてはどうかという声も上がったが……荒野はまだまだ整備が進んでおらず、街道も休憩所も井戸も無い中を重い荷物を積んでの馬車での長距離移動は難しいとのことだ。

ある程度の距離まで……岩塩鉱床のある辺りまで近付いてきたなら、ヒューバート達が迎えに行く予定にはなっていて、それまでは鷹人族に頑張ってもらうことになりそうだ。

荒野まで迎えに行くのであれば色々大変だろうから私も、と声を上げたのだが、貴族の公爵がそんな風に迎えに行くのは異例というか問題があるらしく、到着まではイルク村で待機することになった。

待機して堂々と構えて……貴族らしい態度で旅人を迎え入れればそれで良いんだとか。

そしてゴブリン達という旅人がやってくるとなって、特に張り切っているのはアルナーを始めとする婦人会の面々だった。

鬼人族の風習として、旅人が来たならその家、あるいはその村総出で歓迎しなければならない、というものがあるらしい。

特に遠方からの……過酷な旅を経てやってきた旅人は尚更で、十分な歓迎ができなければ恥さらしというか、家や村の格を落とすことになるというか……末代にまで誹《そし》りを受けることになってしまうんだそうだ。

旅人は様々な情報を外から持ってきてくれる、それだけでなく様々な品を持ってきてくれるし、食料やメーア布を買ってくれるし……しっかりと歓迎したならばまた足を運んでくれるかもしれない。

更には旅先でここは良い場所だった、これ以上ない歓迎を受けた、楽しい日々を過ごしたと話を広げてくれるかもしれず……さらなる旅人を呼ぶ結果に繋がるかもしれない。

ましてや今回は遥《はる》か遠方の海からやってきた旅人……様々な恵みをもたらす海との縁が出来たなら、どれだけの人と物が流れてくることやら。

……と、そんな風に多少の食料と酒を歓迎のために使ったとしても、それ以上の利益があるものなんだそうで、数日の内に到着するだろうゴブリン達のためにと、アルナー達は今から支度をしている らしい。

ヒューバートやダレル夫人が言うには、王国法にも似たような内容のものがあるんだそうで、王国の領主はその領地を訪れた旅人を保護する義務があるらしく……この法律も大体同じ理由で作られたものなんだそうだ。

旅人を冷遇した街は凍りつく、なんて言葉まであるとかで……旅人から悪評が立てば行商が来なくなり移住者が来なくなり、人と物の流れが止まって……街そのものが成り立たなくなるらしい。

他にも貴族としての沽券《こけん》というか面子《メンツ》というか、評判にも関わってくるし、ましてや公爵ともなれば、その爵位に相応《ふさわ》しい対応が求められるとかで……ヒューバートやダレル夫人もアルナー達の手伝いをしようと慌ただしく動き回っている。

犬人族達はアルナーの手伝いと、鷹人族の手伝いで駆け回り、私やセナイ達はアルナー達の手が回らない家事を行い……他の皆もそれぞれ得意分野での活躍を見せてくれている。

その規模はまるで宴のようで……宴と聞きつけたのかナルバントを始めとした洞人族達までが竈場の一画を借りて料理の準備に励んでいた。

「ほれ、坊、これが腸詰めの試作品じゃ、こっちは肉を叩いて叩いてまるめて焼いたもんで……どっちもな、白ギーのチーズを入れるとたまらん味になるという訳じゃのう。

イルク村のチーズはアザミの花の独特の香りがするが、それがまた上手くハーブと合わせてやるとたまらん香りになってなんともたまらん。

これが出来上がったらセナイ嬢ちゃん達のためにクルミ入りのやつも拵えてやるとしようかのう」

作業が一段落したからとそちらの様子を見に行くと、両手に腸詰めと肉塊の入った鍋を持ちながらナルバントがそう声をかけてきて……うぅむ、どちらもかなり美味しそうだ。

「これはまた手の込んだ料理だなぁ……というかナルバントが料理が得意というのは意外だったな」

私がそう返すとナルバントは「むっはっは！」と笑ってから言葉を返してくる。

「そりゃぁ嬢ちゃん達のようにはいかんかもしれんが、料理ってのも一つの工作みたいなもんじゃからの、器用な指先があればある程度は出来るもんじゃわい。

それにこいつぁの……どちらも酒の肴《さかな》にちょうど良いもんでの、酒好きの洞人族であれば誰だって作れるもんという訳なんじゃ」

「ああ……なるほど……。

そうなるとゴブリン達が到着したなら、村を挙げての酒宴ってことになりそうだな」

「おうよ！　旅の疲れは酒で癒やすのが一番じゃ！

……それに連中は海に住んどるもんなんじゃろ？　ならば海にはない珍しい肉料理を喜んでくれるに違いないわい。

うんまい酒にうんまい肉に、ここでしか口にできんもんを口にしたなら、また来たいと思うようになるじゃろ？

そうなるように歓迎しなきゃぁ歓迎の意味がないからのう……このうんまい肉料理で連中の度肝を抜いてやるわい」

そう言ってナルバントはまた笑い、次なる料理へと取り掛かる。

そしてその様子を少しの間、見つめていた私は……周囲の婦人会が慌ただしく動いていることに気付いて、彼女達を手伝うためにそちらへと足を向けるのだった。

イルク村に向かいながら――ゴブリン達

数日をかけて鷹人族が運んでくれた物資で乾きを癒やし、最初に贈られた軟膏で乾きを抑え、すっかりと軽くなった足取りでずんずんと北へと進み……そうしながらゴブリン達は少しずつ変わりゆく荒野の景色を楽しんでいる。

大きな渦巻きのような岩塩鉱床を過ぎてから、荒野の景色は少しずつ色付いていて……小屋があり荷車か何かの轍《わだち》があり……その周囲にはよく見なければ分からない程の小さな……本当に小さな草や、虫の姿がある。

つい最近何者かがこの辺りを行き来するようになったようで、荷車の車輪辺りにひっついた草の種や虫が運ばれてきて、その何者かが落とした食べ残しなどが肥料となって……そうしてこの荒野はゆっくりとした変化を迎えているようだ。

そんな景色の変化と同時にあれだけ暑かった気温も落ち着いてきて、北から爽やかな風が吹いてきて……そういった変化もまたなんとも心地好い。

「ここまで来れば後少しですよ」

ゴブリン達の前を歩く、ヒューバートと名乗った人間族がそう声をかけてきて……その態度もまたゴブリン達には爽やかに感じられた。

鷹人族から話を聞いていたからか、自分達の姿を見ても驚くことなく恐れることもなく……そして侮ることなく真摯たる態度で接してくれている。

その様相は弱々しく、戦士でないことは残念ではあるが、それでもその態度は好ましいもので……周囲にいる護衛の姿もまた好ましかった。

見るからに鍛えていることが分かる太い脚に、立派な牙に爪。

マスティ氏族と名乗ったその戦士達は油断なく周囲を見回していて……それでいてゴブリン達にもいくらかの警戒心を向けている。

ゴブリン達が何かをしようとしてもすぐ対応出来るよう、鎮圧出来るよう、しっかりと意識を向けていて……そのことにゴブリン達は感心してしまう。

よそ者を警戒するのは当然のこと、警戒しながらもそれを表に出さず、相手を不快にしないよう気を使っているというのがまた、素晴らしいことで……その練度の高さも相まって、思わずこの場で勝負を挑みたくなる程だった。

そんな思いをぐっと抑え込みながら歩いて歩いて、北へと向かっていると……懐かしくすら思える水音が聞こえてきて、真水の匂いが漂ってきて……そうかと思えば前方に、荒野を貫く川が見えてくる。

その川は小さく細く……その先にほんの小さな水たまりを作るのが精一杯のものだったが、それでも水が流れる光景を目にすることが出来たというのはゴブリン達にとって、たまらなく嬉しいもので……軽かった足取りが更に軽くなっていく。

その小川を遡る形で更に更に足を進めて、何度かの休憩を挟みながら足を進めていくと、無限にも思えた荒野が終わりを告げて、その代わりとばかりにどこまでも果てなく広がる草原が視界に入り込んでくる。

草を踏む独特の感覚に驚いて、草の先が足や尻尾を撫でてくる感触に笑って、そうしながら足を進めると……川はどんどん太くなり、その両岸がきっちりと整備された立派なものとなっていって……そして、賑やかに煮炊きの煙を上げる、話に聞いていた以上に広く立派な村の光景がゴブリン達を出迎えてくれる。

村のあちこちから聞こえる賑やかな声、ゴブリン達を歓迎するためのものなのか、そこかしこに花飾りのようなものがあり……奥の方から漂ってくるたまらない匂いから察するにかなりの量の料理も用意されているらしい。

そして何人もの、様々な人種の人々が興味深げにゴブリン達に視線を向けていて……その視線の中に警戒や侮蔑の色はなく、ただただ好奇心があるのみだ。

中には幼い子供もおり、お客さんが来たからとソワソワしていて……その様子はなんとも愛くるしい。

そんな穏やかで豊かな光景にゴブリン達は思わず目を奪われ、ため息を漏らす。

無謀な旅の果て、死の大地を踏破したからこそ目に出来る光景、死さえ覚悟したゴブリン族の伝説に残るだろう冒険の報酬がそこに広がっていて……感無量としか言いようがない感情が心の中を支配していく。

「ようこそイルク村へ、歓迎するぞ」

すると1人の人間族が前に進み出てきながらそう声をかけてくる。

案内をしてくれた男とは比べ物にならない立派な体躯《たいく》、鍛えていることがよく分かる太い腕……そして全身から放たれる圧倒的な覇気。

それらはゴブリン達が予想していたものよりも数段上のもので、思わず怯んでしまいそうになるもので……これ程の人物がこれだけの力の入れようで歓迎してくれているということが、嬉しくて嬉しくてたまらないゴブリン達は、しばしの間返事をすることも忘れて、感嘆のため息を漏らし続けるのだった。

広場に用意した宴席で――ディアス

領外からの客人と言うと獣人国のヤテンのことが思い出されるが、ヤテンのような客人と旅人では歓迎の仕方が変わってくるものらしい。

そこまで格式張った対応にはならず迎賓館も使わず、雰囲気としては普段の宴とそう変わらない。

だけどもここメーアバダル領が貧しい領だとか、何もない地域だとか侮られる訳にはいかないので、普段の宴よりは力の入った盛大なものとなっている。

やってきたのが遠方であればある程、盛大に力を込めた歓迎をして……メーアバダル領の名前を遠方まで広げてもらえればそれで良し。

そういう訳で挨拶もそこそこに、ゴブリン達には広場に用意した席に移動してもらい……歓迎の料理やら酒やらが振る舞われることになった。

それを受けてゴブリン達は、思っていた以上の歓迎だったからか驚き困惑した様子を見せていたがすぐに受け入れて、料理を大きな口で食べ、酒を大きな口で飲み干し……そうしながらすぐ側の席に座ったヒューバートやエリーに旅の思い出を話し始める。

旅人を歓迎するのが領主の義務であるならば、歓迎された旅人が旅の話をするのもまた義務なんだそうだ。

まずはここまでの旅路の話、それから旅の中で耳にした噂などの情報、最後に自分達の故郷の話なんかをして……質問を投げかけられたなら出来る限り真摯に答えていくものらしい。

無人の荒野を進んできたゴブリン達から噂などの情報を得ることは出来ないが、荒野の南方がどんな気候なのか地形なのか、海からここまで大体徒歩で何日くらいの距離なのかという情報は得ることが出来て……更には荒野の南に大入り江なるものがあるなんて情報も得ることが出来た。

その大入り江は、大地を三日月のような形にえぐったかのような形をしていて……その長さはまるで大きな川のようであるらしい。

大きな川のようだがそこに流れる水は海水で、多くの海の生物が暮らしていて……水温がとても高いこともあってか、ゴブリン達にとっては過ごしやすい場所なんだそうだ。

過ごしやすい場所ではあるが、大入り江の北端まで進んだ辺りは荒野から流れ込む土のせいで水がひどく濁っているらしく、ゴブリン達がそこまで北上することは極稀《ごくまれ》なことであるらしい。

それでも北上する者はいて、あえて濁った水の中で遊ぶ者もいて……そうした者達がおかしなトカゲを目撃したことが、ゴブリン達の旅のきっかけだったんだそうだ。

「我らをあえて煽《あお》るような態度を取り、北へと誘導し……てっきりこの地の関係者かと思っていたのだが、どうやらそうでもない様子。

あのトカゲが何だったのかは結局分からず終《じま》いだが……古の約定のこともある、意義ある旅ではあったな」

宴の最中、私の隣の席に座ったゴブリンの頭目のそんな言葉を受けて、私は首を傾げながら言葉を返す。

「トカゲのことも気になるが……古の約定とは、どんな約定なんだ？」

すると頭目はコクリと頷いて、尻尾のような尾びれをユラリと揺らしてから言葉を返してくる。

「うむ、口伝がゆえ我らも正確には知らぬのだが、かつて死の大地には人間族の王が建てた城があったらしい。

そしてもし死の大地に城が再建されることがあったなら、どんな形でも良いから力を貸して欲しいと、賢人の弟子と当時の族長が約定を交わしたそうだ。

我らがゴブリン族と名乗るようになったのも今のような繁栄を得たのも、全て古代の賢人のおかげだそうでな、我らにとってこの死の大地は、時が流れようとも決して忘れる訳にはいかぬ、特別な地であったのだ。

……とは言え、この様子だと城が建つのはまだまだ先のことになりそうだがなぁ」

「ふーむ……城は流石に建てる予定がないというか、必要がないというか……。

東西の関所で十分だろうしなぁ……少なくとも私達が建てることはなさそうだな」

「……ほう？　関所とな？　それは一体どんな造りになっているのかな？」

「うん？　まぁ、東側の関所はこう……木の杭を並べて造ったような感じで、追々《おいおい》石造りのものに改築していく予定になっていて……西側はこう、石造りの四角形というか、そんな感じにして……あとは関所から左右に大きな石壁を延ばしていく予定になっているな」

身振り手振りでそう説明すると頭目は目を丸くし、ズイと身を乗り出しながら力のこもった声を返してくる。

「その石造りの関所とは、どれ程の大きさなのだ？　中に……貴殿くらいの体軀の人間族が、何十人くらい入ることができるのだ？」

「まぁ……入れようと思えば数百人はいけるんじゃないか？　広い中庭があるし、宿泊用の部屋もある訳だし……」

「……石造りでそれ程の規模であるのなら、それはもう城なのでは？」

「ん？　いやぁ……どうだろうな？」

私からすると城っていうのはこう……空に向かって高く、そびえ立っているものという印象があるがなぁ」

そんな私の言葉を受けて頭目は、大きく丸い目をギョロリと動かし、鋭い牙だらけの口をしっかりと閉じ……ザラザラとした肌で覆われた、自らの顎というか喉の辺りを撫でながら何かを考え始める。

考えて考えて……それから膝をバシンと叩いてから言葉を返してくる。

「メーアバダル公、その関所を後で見学させて欲しいのだが……もう一つ、我らと手合わせをしてはくれないだろうか？

仮にその関所が城のような……城と言って良いものだったとしたら我らは古の約定を守るため、貴殿らに力を貸すことになるだろう。

……が、貴殿らがどんな人物なのか、どの程度の力を持った存在なのかが分からぬことには、力の貸しようがないというか、どの程度まで力を貸したら良いかの判断がつかぬ。

ゆえに手合わせだ、かの鷹人族殿が最強と評した貴殿の力を是非とも見せて欲しい。

……これは個人的な、戦士としての好奇心もあってのことだが……どうだろうか？」

「……せっかくの宴の場を血で汚す訳にはいかないから、お互い怪我をしないように配慮した手合わせなら構わないぞ？」

私がそう返すと頭目は、無言で俯《うつむ》いて……少しの間があってから大きく頷いて「ではその条件で」と、そう言って立ち上がる。

そして広場のあちこちで語り合っていたり、食事をしていたりする仲間達に声をかけ……声をかけられた仲間達もまた立ち上がり、腕を伸ばし尾びれをうならせ腰をひねって……体を動かす準備をし始める。

更には私達の話を聞いていたらしいアルナーまでが動き始め、適当な木の棒に布を巻き付けた手合わせ用の武器を用意し始めて……そんな様子を見てか、村の皆も立ち上がって移動して、広場を囲うような円陣となり、手合わせのための場を作り出す。

余興を期待しているというかなんというか……ゴブリン達の力量を見てみたいという好奇心もあるのかもしれないなぁ。

改めてゴブリン達のことを見てみると、体の大きさは私達、人間族の半分程度で、手足は短く太くがっしりとした印象で……牙も爪も鋭く、それらで攻撃されたなら相応の怪我を負うだろう。

犬人族のマスティ氏族を思わせる体軀だけども、手の形は人間族に近く指もしっかりしていて……武器なんかも器用に使いこなすことだろう。

そもそも槍や尾びれにつけたリングなどのアクセサリーなんかを作っているのだから、器用さはかなりのもののはずで、犬人族と同じように考えていると痛い目に遭いそうだ。

……そうなると、ある程度本気を出すべきだろうか？

戦士としての……なんてことを言っていたし、変に手を抜くと機嫌を損ねてしまうかもしれないしなぁ……。

しかしここまで長旅をして来てくれた客人に怪我をさせたなんてことになったら大事だし、怪我をしないよう配慮しようとも言ってしまったし……どうしたものだろうかなぁと、頭を掻く。

すると……、

「メーアバダル公、我らゴブリン族の楯鱗は鉄器での一撃をも跳ね返す強度でな……そう簡単に傷はつかん。

それに強者につけられた傷であれば、我らの海においては誉れとなるゆえ……仮にそうなったとしても気に病む必要はない。

……そして我らとて無闇に貴殿のような戦士を傷つけたくはないのでな、相応の配慮はするつもりだが……同時に配慮なんてものをかなぐり捨てて、貴殿の本気を見てみたいという強い想いもある！

この矛盾した想いを解決するには……もう本気で楽しい喧嘩《けんか》をするしかないように思うが、如何《いかが》だろうか!?」

と、頭目がそんなことを言ってから、その両腕をバシンと自らの胸に打ち付ける。

それを受けて他のゴブリン達も似たようなことをしたり大口を開けて「ガァァァァ！」と吠えてみたりと、気合の充実っぷりを見せつけてくる。

相手を怪我させたくはない、だけども相手を失望させたくない……そして相手の本気を、その力量を見てみたい。

どうやらゴブリン達はそんな、私に似た想いを抱いているようで……アルナーが作った手合わせ用の槍を手にしながら、大きな口を歪《ゆが》ませてなんとも言えない笑みを見せてくる。

そして私の下にも戦斧に見立てた木製の武器が運ばれてきて……それを手にした私は、しっかりと両手で握って構え、ゴブリン達に向かい合う。

「始め！」

とのアルナーの……宴の余興としてこれ以上ないと嬉しそうで楽しそうな笑みを浮かべるアルナーの合図をきっかけに向かい合ったゴブリン達が動き始める。

一対一とは特に決めていなかったので６人全員で動き始め……だけども全員同時の攻撃は行わず、まずはという感じで前に進み出た頭目が構えた槍を突いてくる。

中々の一撃だったが回避出来ないものではなく、私が体をひねって回避すると頭目は間を置かずに攻撃を繰り出してきて、それらも問題なく回避してみせる。

どの攻撃も狙いが良く、かなりの腕前ではあるのだがクラウスと比べると今ひとつというか……速度が足りず、余裕を持った回避が行える。

とは言えゴブリン達の体の大きさを思うと仕方のないことなのだろう。

背丈で言えば私達の半分程で、それでこれだけの攻撃を繰り出せているのだから大したものだと思う。

それと……攻撃の度に尾びれが激しく動いていることを見るに、やはり彼らの本当の力が発揮されるのは水中なのだろう。

尾びれで水を蹴ってその勢いを足したなら、クラウス以上の鋭い一撃となるはずで……そうなるとこんなに簡単には回避出来ないはずだ。

そもそも水の中だと私は満足に動くことが出来ないだろうし……戦いは一方的なものになるに違いない。

そんな状況でも頭目は決して諦めず、かといって自棄《やけ》になる訳でもなく冷静に、私の動きをしっかり見た上での攻撃を放ってきていて……不利を承知の上で楽しんでいるというか、不利な状況の中であえて挑むことを楽しんでいるかのようだ。

大きな口の口角をぐいと上げて鋭い牙をむき出しにして、そんな頭目の笑顔は輝いていて……他のゴブリン達も満面に、少しだけ怖い笑みを絶やさずにいる。

笑みを浮かべながら「がぁぁぁぁ！」と叫んでいたり、笑みを浮かべたままベロリと自分の口の周りを舐めあげてみたり、鋭い爪のある手をワキワキとさせてみたり、手にした手合わせ用の槍を振り回してみたり。

少しだけあくどく見える笑顔でゴブリン達はこの状況を楽しんでいるようで……そんなゴブリン達にはしっかりと、彼らの望む形で応えるべきだろうと考えた私は、構えた手合わせ用の木斧を……壊れてしまわない程度の勢いでもって振り下ろす。

すると頭目はそれをギリギリという所で回避するが僅かに体勢が崩れてしまい、私はそれを逃さずに木斧を横に振るう。

頭目は低くしゃがむことでそれを回避してみせるが、更に大きく体勢を崩すことになり、そこからは私が一方的に攻撃することになり……十回ほど斧を振るったところで頭目は回避しきれなくなり、木槍でもって木斧を受けて……受け方がまずかったのか木槍が折れる。

それを受けてすぐに他のゴブリンが駆けてきて、頭目と同じように攻撃を放ってきて……それを

6人分繰り返したなら、今度はナルバントが用意してくれた新しい槍を受け取ったゴブリン達、全員同時の攻撃が開始される。

狙いは正確、連携も出来ている、だけども流石に疲れがたまっているようで、先程までの鋭さはなく、まだまだ体力に余裕がある私は、ゴブリン達の攻撃を余裕を持って回避し、時には受けて受け流し……そうしてからゴブリン達が怪我しない程度の威力でもって反撃していく。

「まさか息を切らせることもできんとは!?」

「ぐううむ、底が見えん!」

「がぁぁぁぁぁ!」

「これが陸地の王か!?」

「で、伝説に偽りなし……!」

「お、おお、戦神よ、我らの誉れを見よ!」

なんてことを言いながらゴブリン達は木斧での攻撃を受けるなり回避するなりし……それを数度繰り返したならもう限界だと地面に伏したり木槍を手放したりとしていき……最後に頭目が両手両足と尾びれを投げ出し、仰向《あおむ》けに倒れたことで手合わせが終了となる。

「……ふううう、まさかこれ程とは……。

メーアバダル公、感服と感謝の至り……礼を言わせていただく。

それで……これ程の歓待に気持ちの良い喧嘩に、ここまでして一体、我らに何を望むと言うのか？」

仰向けになって荒く息を吐き出しながらの頭目のそんな言葉に、私は首を傾げてから考え込む。

旅人がやってきた、だから歓迎した。

基本的にはこれだけの話で……歓迎の目的である情報収集も大体完了している。

あとは故郷まで安全に帰ってもらってイルク村の話を広めてもらえればそれでよく……他に何か目的があるとするなら……、

「何を望むかと言われると……友好になるかな。

仲良く商人や旅人が行き来できる関係になって、交易とかできるようになったら最高だな。

良い塩魚が手に入るようになったら、色々な料理が食べられるようになりそうだしなぁ、他にも色々な海の品が手に入るのだろうし……うん、そうなってくれたら最高だな」

友好、それしかないと素直に返すと、頭目は丸い目を更に丸くしながら言葉を返してくる。

「友好と交易、それだけか？　人間族の王であれば臣従を……支配を望むものではないのか？」

王？　そう言えばさっきもそんなことを言っていたな……。

「いやいや、私は王ではなくただの領主だし……友好を結べたらそれで十分だよ。

臣従とか支配とか……そのための戦争とか、そういうのは興味ないな」

私がそう言うと頭目は何故だか驚いた様子で起き上がり、何故だか混乱した様子で口を激しく動かす。

「い、いやしかし、聞けば貴殿は荒野開拓を進めているのだろう？　どこまでもそれを進めていって、いつかは海をも支配しようと望んでいるのだろう？」

「いやいや、確かに荒野を開拓はしているが、それは荒野が無人かつ岩塩が取れる場所だったからというだけで……どこにあるかも分からない海まで領地にしようとは思っていないぞ？

海辺の街と交易したいとは思うし、海まで街道を延ばせれば色々と便利なのだろうが……そこまでのことは流石に私の手には余りそうだ。

この国の王様だって、ここまで手が届かず、遠方にいる自分にはどうにも出来ないから私に領主という形で管理を任せている訳で……王様でもそうなのだからなぁ、私なんかがそこまで望むのは無謀というものだろう。

最近そこら辺のことを勉強しているんだが、建国王も結局、大陸の端まで手を伸ばしてしまって……伸ばしすぎてしまって国の分裂という結果を招いてしまった訳で……つまりはまぁ、人の手には限界というものがあるのだろうな」

「……ふ、む……。

では……仮の話になるが、貴殿らが手を付けていない荒野の、南部の一帯を我らが支配しようとした場合、貴殿らはどうするのだ？　それを許すのか？」

「ん？　荒野の南部をゴブリン達が、か？

私達が領地にしていない所なら文句を言う筋合いもないし……そこに住んで管理してくれるとい

うのならありがたい話だと思うぞ？

そこに行けばゴブリン達から海の品を買えるようになるんだろうし、メーア布を買ってくれるようになるんだろうし、友好的な交易相手が出来るというのはありがたいばかりだよ。

ん？　なんだ？　どうしたヒューバート？」

そう私が頭目に問いの答えを返していると、話を聞いていたらしいヒューバートが近くへやってきて、小声で囁《ささや》いて……それは今する話なのだろうかと内心で驚きながら囁かれたことを、頭目に伝えてくれと言われたことを口にする。

「あー……出来ることなら入り江に港を整備して、港から荒野北部、私達の領地までの街道を整備して欲しいらしい。

もしそれが出来るのなら……食料などの物資や、金銭的な支援もするそうだ。

あとは……相手がモンスターに限ってだが、防衛のための援軍も出すそうだ。

……いや、ヒューバート、港のためにそこまでするのか？　え？　ああ、そうか、ゴブリンが水中から船を守ってくれたら座礁や難破の心配が無いのか、そうすると……儲かるものなのか？」

私の言葉の途中でヒューバートがまた囁いてきて、それに対して私が反応するとヒューバートから待ったがかかって……いや、会話をしている時にあれこれ言われても対応しきれないぞと頭を掻いていると、頭目が……ゴブリン達が「ギャッハッハ！」と笑い声を上げ始める。

大口を開けて笑って笑って、笑いすぎて呼吸が苦しくなったせいなのか、首の両脇辺りにある穴……エラというんだったかをバタバタと動かして、ヒィヒィ言いながらゆっくりと立ち上がり、こちらへとやってきて、頭目が代表する形でスッと手を差し出してくる。

そのままゴブリン達は何も言わずに笑い……それが友好と港の話を受け入れるとの意思表示を受け取った私は、その手をしっかりと握り……それから次々に手を差し出してくるゴブリン達と握手を交わしていくのだった。

王都　王城の内政官執務室にて――――とある内政官

王城自慢の巨大書庫近くの一室、いくつもの書類棚と机の並ぶその部屋は、今年に入ってからというもの、人と書類の行き来が絶えることのない忙しない日々を送り続けていた。

その原因はリチャード王子が推し進めている改革で……一部の貴族の領地を没収し、騎士団領という名の実質的な王家直轄領とするというとんでもない政策の結果、没収した領地に関連する多くの業務が彼らにのしかかっていたのだ。

その改革の話を耳にした当初、内政官達はそんなことが上手くいく訳がないと、鼻で笑っていたのだが……戦争に非協力的だった貴族から領地を没収し、戦争で命をかけて戦った騎士団達のものにするというそれは、平民達からの圧倒的な……思ってもいなかった支持を集めることとなり、更にはかなりの数の貴族までが支持を表明したことにより、堰《せき》を壊して流れ出した洪水がごとき勢いで、前へ前へと進んでしまっていた。

サーシュス公を始めとした一部貴族達は言う、国家国民のために戦ってこそ貴族だと、そうでなければ貴族を名乗るなと。

非協力的だったが反省し、相応の償いをした……エルアーやアールビーを始めとした貴族達は言う、何故お前達は償いもせずにのうのうと貴族面をしているのかと。

領地を没収されまいと抵抗する貴族達は、何故カスデクス公は……現マーハティ公は許されているのかとそんな声を上げたりもしていたが、マーハティ公は直接王城に赴き、父の不義不忠を詫びた上で、相応の品々を献上していて……そんなことを言うのならそれと同じか、それ以上の品を献上してみせろと、手痛い反論を招いてしまう。

西方商圏を支配するマーハティ公以上の品を用意できる貴族など、国内にいるはずもなく……結果、声を上げた者達は領地を献上という形で没収されてしまった。

そうやってリチャード王子はあっという間に王家の直轄領と同じ広さの騎士団領を作り出し、直轄領と騎士団領を王城で一括管理するという……王城に様々な権限を集中させるという体制を構築し始めた。

そうして増えた負担に一部の内政官達が声を上げた。

『仕事量に対して人手が足りなさすぎる！』

するとリチャード王子はまさかの翌日に、数十人の人材を用意してみせた。

騎士団内部で経理などを担当していた者、家を継ぐことはできないが相応の教育を受けていた貴族の次男三男、戦争の中で経理事務を学んだ元志願兵……などなど。

そういった人材をリチャード王子が確保しているという噂は耳にしていたがまさか本当だったとは、翌日すぐに動かせる状態にしていたとは……そうした人材に最低限の仕事が出来る程度の教育を行っていたとは。

そんな風に驚きながらも内政官達はその人材を受け入れることにし、そのおかげでいくらか仕事が楽になる……と、すぐにまたリチャード王子が騎士団領を増やし、新たな仕事を作り出してくる。

仕事が増えて人材が増えて、また仕事が増えて。

そのうち人材が尽きたのか、仕事ばかりが増えるようになり……今のような状況が出来上がり、再度一部の内政官達が抗議の声を上げたのだが、返ってきたのは予想もしていなかった言葉だった。

『もう人材の数は十分なはずだ。それでも手が足りないというのであれば、それはやり方に問題があるのだろう。

いつまでも古臭いやり方にすがっていないで、新しい作業法を発案するなり効率化するなりしたまえ。

もし出来ないなどと言って無能を晒《さら》すのであれば、後のことはこちらで進めておくので安心して職を辞すると良い』

リチャード王子が送り込んだ人材の数はかなりのものとなっていて……王城で働く内政官の過半数を占めている。

そしてこの数ヶ月の間に彼らは、王子の言うところの古臭いやり方を学んでいて……内政官達がその言葉の通り職を辞したとしても、王子とその一派は問題なく業務を消化していくのだろう。

王子達は最初からそのつもりだったのだろうと気付けない愚か者は王城には居らず……そこまでする王子に逆らっても良い未来はないだろうと誰もが頭を垂れて王子の言葉に従うことにし……どうにか業務を効率化出来ないものかと、渋々ながら知恵を絞り始めた。

すると少しずつではあるが業務が効率化されていき、少しずつではあるが負担が減っていき……まだまだ忙しく十分な休みをとれているとは言えないが、それでもいくらかの休日を楽しむ余裕が出来はじめていて……内政官達は、王子への敬意を抱くと同時に、この国が本当に変わりつつあるのだという確信を得るに至った。

まだまだ目に見える形で結果が出ているということはないが、確実に変化が起きていて……このままこの流れが進めば恐らく来年辺りには、その変化が目に見える形で結実するはず。

そうなれば内政官達の仕事は楽になるだろうし、財政や平民への負担も減るだろうし……確実に国力は増すだろうし、リチャード王子の一派の権勢は凄《すさ》まじいものとなるだろう。

そうなった時、王子は何をするつもりなのか……ただの内政官の身では、それを予想することは出来ないが……その権勢に見合う、大きなことを成そうとするだろうということは嫌でも分かる。

ここまでしたからには歴史書に名を残すような何かを成そうとしていることは明白で……その何かのためにリチャード王子は、性急とも言える改革を断行しているのだろう。

……と、そんなことを考えながら、ある内政官が仕事を進めていると、執務室のドアを開けてリチャード王子が中へと入ってくる。

それ自体はままあることで、今日もまた様子を見に来たのかと内政官のほとんどが仕事に戻る中、室長が王子へと駆けよりいつもの媚《こ》びた様子での挨拶をし始める。

その様子をぼんやりと眺めて……眺めながら手を動かして、そうしてその内政官がいつものように王子が立ち去るまでの時間を過ごそうとしていると、王子と仕える騎士の一団が何故だか自分の下へとやってきてしまう。

自分の下へとやってきて立ち止まり、顔を見て手元の書類を見て、そうしてから王子は、その内政官にだけ聞こえるような小声で語りかけてくる。

「中々優秀なようだが……その力ここよりも活かせる場所があるのではないか？

一度終わった国を立て直すため、力を貸して欲しい」

その言葉を聞いて内政官は混乱する。

何故自分に？　今王子は何と言った？　立て直す？　この国を？　一度終わった？

それからどうにか頭の中を整理して、混乱から立ち直り……王子が何を言わんとしたのかを懸命に理解していく。

確かにこの国……サンセリフェ王国は一度終わりかけた国だ。

帝国に追い詰められ敗北寸前となり……そこまでいっても国内が団結することはなく、陛下が内政に長けていなければ内部から崩壊してしまっていたことだろう。

陛下の手腕のおかげ、それと戦場から届く連戦連勝の吉報のおかげでどうにか国体を維持していたにすぎず……見方を変えればこの国は、既に終わってしまっている国なのかもしれない。

だからこそ王子は改革を急いでいるのだろう、古臭い方法では駄目だと、新しい国のあり方を作り出さなければ駄目だと、自分達の尻を叩いているのだろう。

……もしかしたらアースドラゴン討伐の際、手柄を立て損ねたという焦りもあるのかもしれないが、それ以上に王子はこの国のことを憂いているに違いない。

そしてきっと王子は今までにない、全く新しい形の国を……国家運営を想定しているのかもしれない……と、そんなことを考えてから内政官は勢いよく立ち上がり、王子の言葉に応える旨を口にし……それを受けたリチャードがにっこりと微笑みながら手を差し出してくる。

その微笑みは端《はた》から見るとどこか寒々しい……薄暗い何かを含んだものだったのだが、その内政官には特別な……自分への信頼を含んだもののように感じられて、そうしてその内政官は差し出された王子の手を、両手でしっかりと握るのだった。

その様子を後方で見守りながら――――ナリウス

（うーん……殿下は国を建て直そうとしていると同時に、ぶっ壊そうともしてるんスけど、そこんとこ分かってるんスかね～）

リチャードの後方に立ち、いかにも役人受けしそうな堅い表情を作り出しながらナリウスは胸中でそんなことを呟く。

リチャードが国を建て直そうとしているのは事実だが、建国から続く名家も容赦なく処断したり、新道派の神官達を支援したり、王国法の改正にまで着手したりしていて……伝統や慣例といったようなものを、徹底的に壊そうともしている。

その余波は大きく、ナリウスからすると余計な敵まで作っているように見えて……事実、領地を没収された一部の貴族達は、その経験と知識を活かしての厄介な盗賊と化していたりもする。

軍事に詳しく地理に詳しく統制が取れていて、効率的に盗賊行為を行うものだから、討伐も対策も上手く進んでおらず……そういったリチャードの改革によって発生してしまった課題は山積している。

それをどうにかしようと人手を集めている訳で……その辺りのことを一切説明していないということには、悪意すら感じられた。

（ま、帝国なんかの動きを見るに、急ぎでそうしなきゃいけないんだってのも分かるんスけどね。何もしない無能連中よりはマシで、確実に平民達の生活も楽になっていて……ギルドとしても助かってるッスからねぇ～、文句はないッスよねぇ～）

ギルドに敵対していた貴族が減って商売がやりやすくなるだけでなく、ナリウスが側近として最新の情報を手に入れていることで、ギルドはかなりの恩恵を受けていて……ナリウスとしては文句もなく、行ける所までリチャードについていこうとの覚悟を決めつつあった。

（今年はこの改革で手一杯、来年になる頃には基礎が出来上がるはず。改革の結果が出るのはまだまだ先にしても、基礎が出来上がって仕事が減れば動きやすくはなるはずッスからねぇ。

……殿下が目的のために本格的に動き出すのは、来年からってとこッスかねぇ）

更にそんなことを考えたナリウスは、リチャードが歩き始めたのを受けて全身に力を入れ直し、苦手としている姿勢を正してのキビキビとした動きでもって、リチャードの後についていくのだった。

広場に集まり言葉を交わし――――ディアス

ゴブリン達を歓迎する宴から数日が経って……そろそろゴブリン達の、旅の疲れも抜けてきただろうということで、広場に集まって今後どうしていくかについての話し合いを行うことになった。

荒野の南をゴブリン達の領土と認める、そして大入り江に港を共同で整備する……と、決めたは良いが具体的にどうやるのか、港をどう活用していくのかは何も決まっておらず、そこら辺のことを決めるためだ。

参加者は私、ダレル夫人、ヒューバート、ゴルディア、エイマにナルバント、そしてゴブリン達と助言役のペイジンになる。

ナルバントが参加しているのは港の整備や港を活用するために必要なある物の話をするためで……絨毯を広げてクッションを円形に並べて、その上に参加者全員が座ったところで、私がその話を口にする。

「まだ港も整備していないのに気が早い話かもしれないが、港を造るとなるとやっぱり船も必要になってくるんだよな？

船を手に入れるとしたら……造るか買うかだと思うんだが、船って簡単に造ったり買ったり出来るものなのか？

どちらにしても時間がかかるものなんだろうし……追々港を整備するつもりなら、船のことも考えておかないとだよな？」

それはゴルディアを始めとした商人組から出ていた疑問でもあり……それなりの量の積荷を運べる立派な船を手に入れるというのはギルドが総出でかかったとしても、簡単にはいかない話であるらしい。

そんな疑問に対しペイジンは、首を左右に振って自分達に用意することは無理だと示し……その後にナルバントが口を開く。

「立派な船を造ること、それ自体はそう難しいことじゃないのう、洞人総出でかかれば、そう時間もかからんじゃろうて。

ただ……一つ問題があってのう、東の森の木材を使えば船体はなんとかなるんじゃがのう、立派な船に見合う立派なマストとなると、あの森じゃぁ難しいのう。

折れず揺れず、大型船をしっかりと前に進めてくれるマストを立てるとなると、それ相応の木材が必要じゃからのう……それをどこで手に入れるのかって話になってくるのう」

それから始まったナルバントの説明によると、大型船のマストには長くまっすぐに育った……数十年どころか百年以上の樹齢の木材が必要になってくるらしい。

東の森の木々の背はそれ程高くなく、マストに出来るような木材は手に入らないそうで……そうなると何処かから手に入れる必要があるが、それ程立派な木材となると中々手に入らないし、値段も高くなるしで難しいらしい。

続いてペイジンも声を上げて、そういった木材の輸出には国の許可が必要になってくるとかで……そうなると王国内のどこかで買って、イルク村まで運んでくる必要があるようだ。

買うだけでも大金で、運搬や護衛にも金がかかるもので……港の整備と合わせて大変なことになりそうだとゴルディアが声を上げ、どうしたものかと頭を悩ませていると、ゴブリンの……イービリスという名のリーダーが声を上げる。

「……船のことはそこまで詳しい訳ではないが、立派なマストなど必要ないのでは？　それなりのマストを数本立てたなら、後は我々で引いてしまえば良い」

その言葉を受けて、私以外の皆がその発想は無かったと目を丸くし言葉を失う中、私は首を傾げながら言葉を返す。

「そんなことを頼んでしまって良いものなのか？　船を引いて海を泳ぐなんて、かなりの負担になりそうなものだが……」

「それ程に大げさな話でもないだろう、貴殿らで言うところの荷車を引き歩くのとそう変わらん。マストがあれば良い風の時に楽が出来るというのはその通りで、それなりのものを造ってくれるとありがたいが……最悪、マストが全く無くても問題はない。

南の海には我らの同族が数え切れぬ程いる。そのうちの数十人でもって船を引くなり押すなりしたなら、よほど海が荒れていない限りはどこであろうと容易にたどり着くことが出来るだろう。

もちろん対価としての報酬は貰うつもりで……地上でしか作れぬ鍛冶の品をもらえれば一族も喜ぶだろう」

「ふーむ、なるほどなぁ」

と、私がそう声を上げたと同時にヒューバートとゴルディアが立ち上がり、２人であれこれと会話をし始める。

更にペイジンが計算道具……アバカスという名前のものを鞄から取り出し、凄まじい速度で珠《たま》を弾き、何かを計算し始める。

そんなゴルディア達の目は血走っていて、勢いがなんとも凄まじくて、一体何事だろうかと首を傾げていると、ダレル夫人が声をかけてくる。

「船員の落下事故が多いと聞くマストが必要ない上に、風の有無や向きに影響されず、優秀な戦士達の護衛が守ってくれる船という訳ですから、得られる利益がかなりのものになると予想しているのではないでしょうか。

港を整備し、ここまでの街道を整備し……それだけの投資をしても十分な見返りがあるはずと考えて、それぞれ具体的な数字の計算をし始めたのでしょう」

漏れ聞こえてくるゴルディア達の会話から、ダレル夫人の発言が正しいらしいことが分かり、それなら港を整備する意味もあるのかと頷いていると、イービリスがどこか安堵したような様子で声をかけてくる。

「貴殿らにも十分な利があるというのはありがたい話だ。
我らとしても陸地が手に入るというのは念願であるし……この地との意義ある交流が出来るというのもまた、願ってもないことだ」

「ふむ……？　ゴブリン達はずっと陸地が欲しかったのか？」

私がそう返すとイービリスは、コクリと力強く頷いてから言葉を返してくる。

「我らは海の中でも子育てが出来るが、海の中というのは中々危険な世界でな……出来ることなら陸地で子育てがしたいのだが……陸地の人間族が中々それを許してくれなくてなぁ。
最低限の取引が精一杯……姿が恐ろしいだけでなく、海の中で良からぬことを企《たくら》んでいるかもしれん我らを陸に上げたくはないらしい。

ならば無人の地に行けば良いという話になるのだろうが、そこにはまた別の危険が……たとえば多くのモンスターがいたりするもので、あの荒野も死の大地と呼ばれ恐れられている程に乾いている大地であったし、そう簡単にはいかなかったのだ。

もしあの荒野がしかと整備され、住心地が好い地になるのであれば、これ以上なく嬉しいことでありっ……まったくこの冒険はどこまで報酬を上乗せしてくるのかと、歓喜に震えることになるだろうな」

「そうか……なら港だけでなく、子育て用の家というか、施設も建てないとだなぁ。そのためにはまず街道を整備して、水や食料が手に入る環境を作り出して……それからナルバント達に向かってもらうことになる訳か。

……うぅむ、何をするにしても当分先の話になりそうだなぁ」

と、私がそんなことを言っているとナルバントが、どこから出したのか酒瓶をグイッと呷《あお》って酒を飲み、それから声をかけてくる。

「どうしても急ぐってんなら坊、オラんとこの若いのを数人、荒野に派遣するという手もあるのう。オラ共洞人族は酒さえあればひと月ふた月は生きてられるからのう……腐らん酒と資材を持っていって施設を仕上げて、戻ってくるくらいはなんとかなるんじゃないかのう。

流石に港は……数ヶ月仕事になりそうじゃから、そう簡単にはいかんがのう」

「い、いやいや……酒だけで生きていけるなんてそんな冗談……。

……冗談、だよな？

いや、仮にそれが本当だとしても何か事故があって帰ってこられなくなったなんてことになると、こちらから迎えに行くのも大変だろうからなぁ……やはり街道や井戸の整備をじっくりやって──」

私がそう言葉を返すとナルバントはキョトンとした顔をし……それから何かに納得したのかポンッと手を打って、カラカラと笑いながら言葉を返してくる。

「むっはっは！　オラ共洞人にそんな心配はいらんのう！　と言うか以前に話してやったじゃろうに！　オラ共洞人族は冬眠のような真似をすると！　穴ぐらを深く掘ってそこで岩のように丸まって眠り、そのまま飲まず食わずで何年でも何十年でも、何千年でも眠り続けることができる。

何か事故があったとしても迎えが来るまでの間、そうやって眠っていれば何の問題もないのう！」

ああ、そう言えば以前そんなことを言っていたっけ……。

その特性から岩のような人と言う意味で、岩人《いわびと》と呼ばれたこともあったとか……。

いや、しかしそれにしても何千年というのは流石に……私がそんなことを考えていると、ゴブリン達は「おぉぉ」と声を上げながら感嘆し、エイマとダレル夫人は唖然《あぜん》とし、そしてゴルディアと会話していたはずのヒューバートが会話を止めてナルバントの方を見て、そのまま動かなくなる。

動かなくなったまままあれこれと考え込んでいるようで……数十秒後、急に動き出してナルバントの下に駆け寄り、声を荒らげる。

「何千年!?　今、何千年と言いましたか!?

ディアス様と出会う前のナルバントさんは一体いつから眠っていたんです？　もしかして何百年前とか……それ以上とか、建国王様の時代以前からという可能性も!?

すると……歴史書に残っていない建国以前のことを知っている可能性もあるということです

か!?」

「オラにそんなこと言われてものう。

オラ共は人間族の歴史にも暦にも詳しくはないからのう……いつからと言われてもなんとも言えんのう」

そんなヒューバートに対しナルバントは、どこかとぼけた様子というか、からかったような様子でヒューバートにそう返し、それがまたヒューバートの好奇心を刺激したのか、ヒューバートは更に力を入れての食いつきを見せる。

そうやって盛り上がっていく2人を見やりながら、私はゴブリン達に声をかける。

「と、とりあえず子育てが出来る施設に関しては出来るだけ早く造れるように考えておく。

港に関しては急いでも街道がなければ意味がないから追々ということになるだろう。

来年かもっと先か……細かいことや運用についても焦らずじっくり決めていこうと思う。

ゴブリン達が早く故郷に帰れるように準備も進めるつもりだから……とりあえずそれまでは、イルク村でゆっくり体を休めてくれ」

と、私がそう言うとゴブリン達は頷いてくれて……とりあえずの結論は出たからと話し合いは、これで終了となるのだった。

今後の方針が決まり、話し合いが終わり……それから話し合いに参加した面々は、細かい部分の確認を行ったり雑談に花を咲かせたりと、それぞれの時間を過ごし始めた。

ナルバントはゴブリン達に子育てのための施設にはどんな設備があったら良いのかと聞き、ナルバントからあれこれ聞き出そうとしていたヒューバートはそれを諦めて、ゴブリン達に普段暮らしている海域や海岸の話を聞き、ゴルディアは普段ゴブリン達がどんな取引をしているのかを聞き……エイマとダレル夫人はそういった細かい話をメモしていく。

そしてペイジンはゴブリン達の生活ぶりが気になるのか、日々の生活のことをあれこれと聞いて……その流れでこんな質問を投げかけた。

「そう言えばさっき、鉄器を欲しがってたんども、海の中じゃぁすぐに錆《さ》びてしまうでん？　錆びて捨てて新しい鉄器を手に入れてじゃぁ、いっくら船仕事が儲かるっちゅうても厳しいと思うでんども？」

するとゴブリンのリーダーであるイービリスは頷いて、腰紐に下げていた革袋から小さな……本当に小さな鉄のナイフを取り出して、その刃を軽く撫でながら言葉を返してくる。

「全くもってその通りだが、海水に浸かった鉄でも必ず錆びるという訳ではないだろう？　陸に上げてしっかり真水で洗ってから火に当てて水分を飛ばせば、それなりに長持ちしてくれる。子育てだけでなく、そういった用事のためにも陸地は必要なのだが……陸地の連中はどうにも頑固でなぁ……最近では我らが拠点にしていた孤島にまで入り込んでくる始末で、手に負えんのだ」

「それはまた随分な話でん……。

……ふと気になったんだども、ゴブリンどん達が関わっていた連中ってのはどの辺りに住んでるんで？

南海っちゅうても色々あるもんで……相手が人間族っちゅうことは、獣人国ではなさそうでんども……。

王国語だからーっちゅう話もありましたんども、王国語は言語としては最古参で、あっちこっちに広がっちょりますからねぇ」

ペイジンがそう返すとイービリスは少し悩むような素振りを見せてから、鋭い爪のある指でもって地面を削り、地図のようなものを描いていく。

スタートは恐らくイルク村、それから荒野を描いていって、話にあった大入り江が描かれ、それが海へと繋がっていく。

「正直なところ我らは陸地に関しては詳しくない。

相手がどこの誰かなんてことは気にもしなければ詮索もせんのでな、はっきりとしたことは何も言えん。

……が、海から見て大体の位置を示すことは可能で……ここから東に行った辺りとなる。

貴殿らが荒野と呼んでいる死の大地は広範囲だ、西にも東にも広がっていて……東の奥地からは砂舞う風が吹くと聞く。

そんな死の大地はこんな風に南に大きく膨らんでいて……それに沿って迂回《うかい》した先にある街が取引相手になるな」

大入り江を出たら大きく南に膨らんだ陸地に沿う形で東へ進んでいき……絵図から見てもかなり離れた地点にその街があるらしい。

そんな絵図を見ながら説明を受けて、絵図を覗き込んだ私とペイジンが「ふんふん、なるほど」なんてことを言っていると、海岸などの話を聞いていたヒューバートが合流し、口を開く。

「その位置からすると王国内で間違いはないでしょう。

そして王国内の港町で自分の知っている範囲となると、王都南の港町が該当しそうですが……これ程の距離を行き来しているとは驚きですねぇ……海流の関係で速く移動できるのでしょうか？

そして王都南までやってきていると仮定した場合、気になるのは王都でゴブリンさん達の話を聞いたことが無いということですね。

……港町の者達があえて隠していた？　そうする理由は……？

……ゴブリンさん達の存在が知られたら、漁や海運の仕事を奪われるとでも考えたのでしょうか？　確かにゴブリン達がそれらの仕事を始めたら大変なのでしょうが……。

この辺りのことが東部での亜人蔑視に繋がっている……というのは考えすぎでしょうか」

自問自答のような形でそう言ってからヒューバートはあれこれと思考を巡らせ……それからポンと手を打ち、何か思いついたことでもあるのか目を輝かせながら私に顔を向け……私の側へと近づいてきて、私だけに聞こえるよう小声で、言葉を続けてくる。

(ディアス様、ゴブリンさん達の件は基本的には秘密にし、公にすべきではないと考えるのですが……お1人だけ、陛下にだけこのことをお伝えしてもよろしいでしょうか?)

(うん? 王様にか? それはもちろん構わないが……なんだってまた王様だけに?)

私が同じくらいの小声で返すとヒューバートは、更に声を潜めてくる。

(あくまで自分の直感なのですが、そうしておくことで陛下にもディアス様にも利があるのではないかと……。

もしかしたら陛下が船を用意してくださる、なんてこともあるかもしれませんし……陛下の御身に何かがあった際、海路でこちらに……ということが可能になるかもしれません。

王都南の港町には、陛下が所有する船が十数隻ありまして……うち三隻は旗艦級と呼ばれる国内最大のものとなっていまして、それを下賜してくださる……という可能性もありますし、悪い結果にはならないかと思います)

(ふーむ? そういうことならまぁ、ヒューバートが上手くやっておいてくれ。

手紙はエルダン達に託せば問題なく届くだろうし……内容に関しても任せるよ)

私がそう言うとヒューバートは大きく頷いて、早速手紙を書く気なのか自分のユルトの方へと駆けていく。

それを見送ってから皆の方に向き直ると……その大きな耳でしっかりと話を聞いていたらしいエ

イマは「まぁ良いんじゃないですか」とでも言いたげな顔をしていて、なんとなく話の内容を察したらしいダレル夫人も似たような表情をしている。

この2人には色々な意味で敵わないなぁと苦笑してからゴブリン達の……イービリスの下へと戻り、とりあえず空気を仕切り直そうかと口を開く。

「あー……ゴブリン達に船を運んでもらうことになったとして、仮に今話題に出た港町まで運んでもらうとなったらどれくらいの鉄器を報酬として渡したら良いんだ？

大体の量が分かると依頼もしやすくなるんだが……それとペイジン、獣人国にも港町ってあるんだよな？　そこまで船で向かったら商売ってしてもらえるものなのか？」

そんな私の言葉を受けてイービリスは、具体的な量までは決めていなかったらしく、顎に手を当てて悩み始めて……他のゴブリン達とあれこれと相談し始める。

そしてペイジンは、ピョンッと物凄い勢いで跳ねとんで、私の目の前までやってきて……これまた物凄い勢いで揉み手をしながら言葉を返してくる。

「もちろんもちろん、港町にあるペイジン商会の方で商いさせていただく……んども、勝手に他国の船が港町まで来たとなったら大問題になるでん、事前の連絡と許可が必要かと思いますでん。

ただまぁ……商売が出来ること自体は獣人国としても大歓迎のはずで、無法を働くという訳でもなければ許可は問題なく下りると思いますでん、その際はあっし共にご相談くだせぇ。

幸いにしてディアスどんは参議のキコ様と友誼《ゆうぎ》を結んでおられて、その上キコ様のご子息がこの地で商人までやっているでん！

キコ様のご子息をば代表に据えれば獣人国の船扱いを受ける可能性まであるでん、大変良いお考えかと思うでん！」

「あー……そうか、そう言われてみればセキ、サク、アオイの３人は獣人国生まれだったものなぁ、すっかり忘れていたなぁ。

エリーの話ではもう少しで一人前になれる……かもしれないとのことだったし、港や船が出来る頃には立派な商人になっているかもしれないいな。

商売のついでに故郷に帰ったりキコに会ったりしても良い訳だし……これから来るという血無しの者達にも手伝ってもらえば、上手くいきそうだな」

思わぬ提案を受けて感心しながらそう返すと、ペイジンはなんとも良い笑みで何度も何度も頷き「そうでん、そうでん」と言葉を繰り返す。

まぁ、港も船もまだまだ先のことになるのだろうけども、それでも思わぬ形で道筋が整っていって……ここまで綺麗に状況が整っている上に、何も問題が無いのならやる意味は十分にあるのだろうなぁと、そんなことを思う。

鉄器の支払いをどうするかと頭を悩ませているゴブリン達も、そうなるくらいにはやる気があるようだし……うん、港造りに関する話も洞人族達と本格的に進めてみても良いかもしれないいなぁ。

なんてことを考えていると、またも考えていることが顔に出たのかエイマとダレル夫人だけでな

まず身を
ンシスの背
「うぅむ……
こともないが、乾
な……この手触り、
わえない特別なものと
うむ……うむ、いつか海
これを堪能させたいものだ」
そう言ってイービリスはフラ
とを撫
で回し、フランシスは目を細めてそ
を受け入れ
……そうして撫で回し続けるだけの時間が始まり、
その流れの中でイービリスの手が偶然フランシス
の角に触れる。
「……これは、この硬さは……我らの牙や楯鱗よ
りも硬い……？
そしてメーア達は早く走ることも出来る……な
るほど、ただ守られるだけの存在ではなく、メー
ア達もまた戦士であるという訳か……」

にフランシスが当然だろうと
を返し……それをきっかけに距離
しい二人は、それからも撫で回しの時
しみ始める。
片やメーアの長、片や冒険隊の長、何か通じる
ものがあるのだろう、二人は表情で語り合いなが
ら楽しみ続け……と、そこに他のメーア達もやっ
てくる。
フランソワに六つ子達、エゼルバルドとその妻
達、更に新参メーア達も。
ぞろぞろとやってきたメーア達は、たっぷりと
撫で回してもらっているフランシスの姿を見て、
羨ましかったのか自分も自分もと近付いてきて
……イービリスがあっという間にメーアの毛に埋
もれていく。
「わ、私も手伝おう」
黙って二人の様子を見ていた私は、そう言って

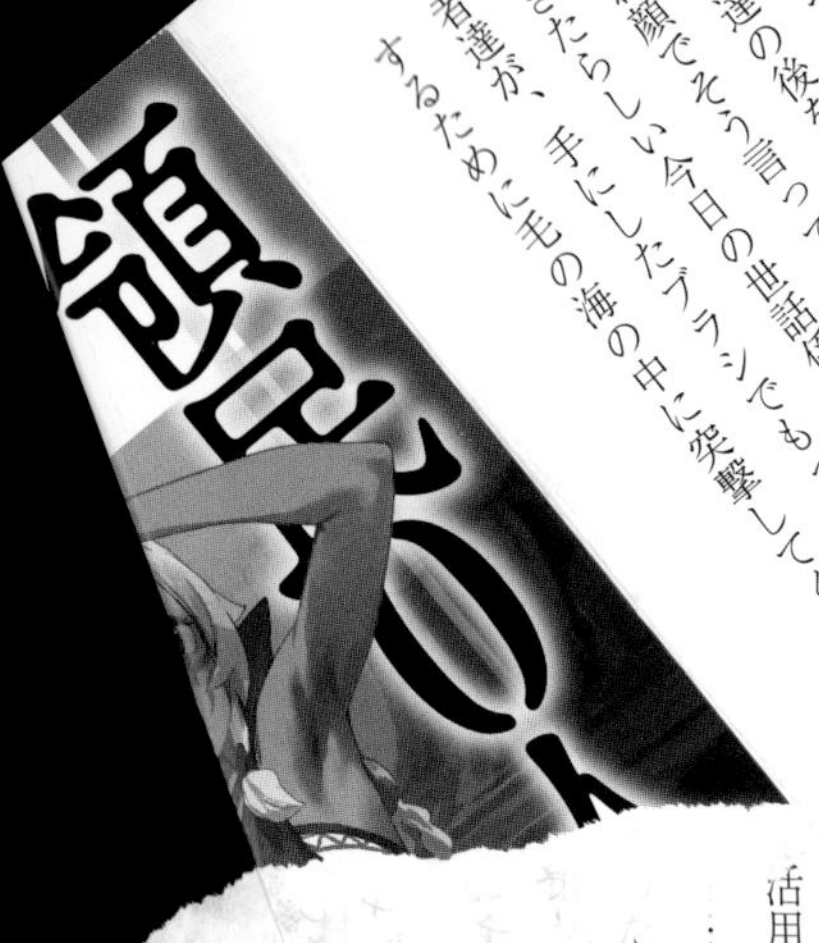

ているという
さかほぼ全身が毛に覆
活用してもらうことで
…。
ための網《あみ》がそういっ
てはいたが……う
ると驚いてしまう
広場で地面に膝
上げる。

い、どこか
ービリ

「この草原では家も服も寝具もメーアの賜物……そしてメーアは安心な暮らしを手に入れる、か。なるほど……我らが牙の鋭さや楯鱗の硬さを誇るのと同じようなものか……その上メーアの毛は他を凌駕する品質とあれば、うむ……その誇り高さも当然のものと言えよう」

「メァーンメァメァ、メァー、メァン」

「ギャッハッハ！　確かにメーアの毛で網を作ったなら他の網など霞んでしまって使っていられないのだろうな。

ただでさえ我らが使う網は、海を漂っている使い古しばかり……うぅむ、いつかはメーアの網を手に入れてみたいものだ」

「メァ〜ン、メァーメァ、メァーメァ！」

「うむ、うむ……！　当然だとも、これからもよろしく頼む」

そしてそんな会話をした二人は意気投合したのか何なのか同時に笑顔を浮かべ……フランシスが

毛玉の中に突撃し、メーア達を撫で回してやるが……しかしメーア達の数の方が圧倒的に多く、全然手が足りない。

「な、何事か!?　イービリス殿、我らも参ります!!」

そこに他のゴブリン達がやってきて……毛に埋もれるイービリスを見てか、メーアの群れの中に駆け込んでくる。

そして懸命にフランシス達を撫でるイービリスを見て、訳も分からないままゴブリン達も撫で始め……触感が良かったのか、何人かのゴブリン達は恍惚の表情を浮かべたりし始める。

「……何をやっているのだ、お前達は……」

メーア達の後を追いかけてきたらしい伯父さんが呆れ顔でそう言って……そして一緒に追いかけてきたらしい今日の世話係のアイセター氏族の若者達が、手にしたブラシでもってブラッシングをするために毛の海の中に突撃してくる。

そうして皆でメーアの毛に埋もれての大騒ぎが始まり……その騒ぎの中でゴブリン達が次々と恍惚の表情で毛の中に埋もれ沈んでいく。

そんな中最後まで立っていたのはイービリスだけで……いつの間にかアイセター氏族から受け取ったブラシでもってほぼ全てのメーア達にブラッシングをしてみせたイービリスは、一体全体どういう意図なのか、手に持ったブラシを高く掲げてポーズを取る。

それはまるで勝利宣言のようでもあり……そんなイービリスを囲うメーア達は、

『メァーーーーーー！』

と、一斉に声を上げ、そんなイービリスのことを称賛？　するのだった。

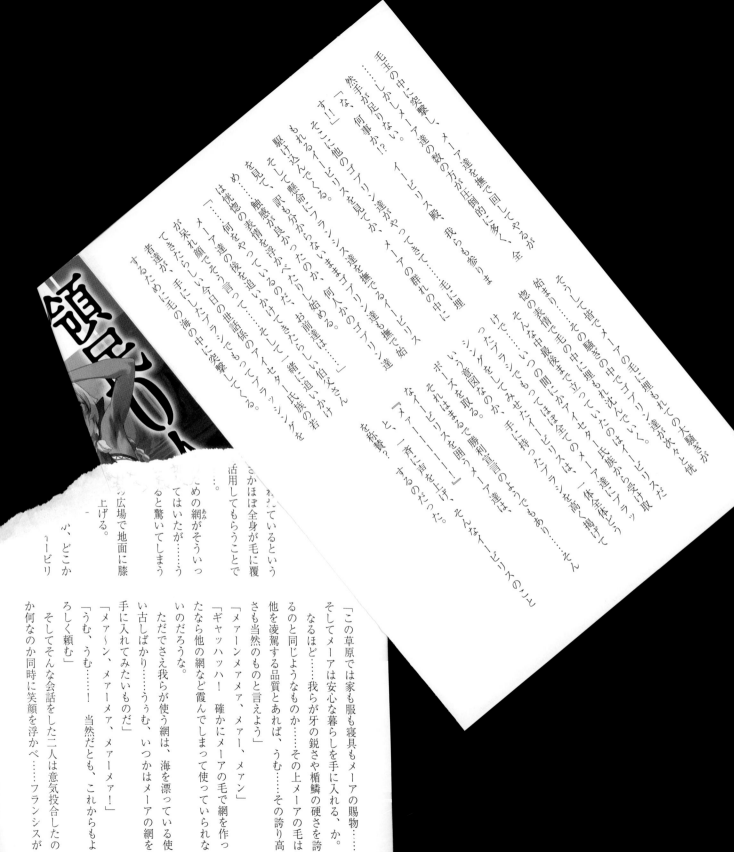

く、ゴルディアまでが「それで良い」とでも言いたげな表情で頷いてきて……なんとも言えない気分となった私は、頭を掻きながら、

「じゃぁそんな感じでやってみるとするか」

と、そんな言葉を口にするのだった。

それから数日経って……ゴブリン達は、イルク村でそれぞれ好きなことをして暮らしていた。

黒ギー狩りをしたり、ナルバント達の鍛冶仕事を見学したり、各地の工事の手伝いをしたり、メーアや馬達の世話をしたり、クラウスの下で地上での槍の使い方を学んだり。

荒野の踏破と私達との邂逅という成果を得てゴブリン達は、その報告のためになるべく早く海に帰りたいそうなのだが……まだまだ気温の高い真夏、無理をしても良いことはないだろうし、もう少ししたら気温も下がり始めるはずで、帰還はそれからでも良いだろうということになったからだ。

こちらとしてはいくらでも滞在してくれて構わないし、ゴブリン達としても私達の生活ぶりが気になるとかで……秋の初め頃まではそうやって過ごすつもりのようだ。

秋になれば気温が下がり、洞人族達が進めている水路造りも相応に進んでいるはずで……今よりは安全に海に向かえるはずだ。

海とイルク村を繋ぐ街道についてはは追々……他の作業が落ち着いてから開始する予定で、それま

でに必要な物資なども調達することになりそうだ。

そういう訳でイルク村は、ゴブリン達という客人を迎えてのいつも通りの日々を過ごすことになり……そんなある日の昼下がり。

私との鍛錬を終えて広場の隅に腰を下ろして休憩をしていたイービリスが、街道の方を見やり、なんとなしに声を上げる。

「石畳の街道か……。

街道がなくとも水路があればなんとかなるのだが……水路のほうが難しいのだろうなぁ」

「水路……水路かぁ、この草原にはあの小川があるくらいで、他に水源は無いからなぁ」

戦斧を軽く振るいながら私がそう返すと、イービリスは頷いて……今度は小川の方へと視線をやって、言葉を返してくる。

「あのくらいの水量でも泳げないことはないが、もう少し深さと水量があればな……行き来が楽になるのだが」

「……行き来？　流れに乗って南に行くというのは分かるのだが、流れに逆らってこちらに来ることも可能なのか？」

「もちろん可能だとも、たとえ流れに逆らう形になろうとも、水の中であればこのヒレ達を活躍させることが出来るのでな……そうなれば数段違う速さでの移動が可能になるだろう。

更には乾燥などを気にする必要がないからな……体力の消耗も抑えられる上、魚などが棲《す》み着いてくれたなら食料の調達をしながらの移動が可能になる。

海からこの草原までを徒歩で……仮に三十日かかるとしたら、水路であれば四、五日というところだろうな、大雨後の激流だとしても十日はかからんだろう。

荷の運搬をするのなら尚のことで、水に浮かせば大体の荷は軽くなるからなぁ……水路用の小さな船でもあれば、より速くより多くの荷を運ぶことが出来るだろう」

「ふーむ……船と言えば海と思い込んでいたが小川や水路で使っても良い訳か……。

しかしまぁ……水路だけ造っても水がなければ意味がないし、難しいのだろうな」

と、私がそんなことを言った瞬間、たまたま通りかかった洞人族のサナトが運んでいたらしい石材をそこらにドンと置いてから、声をかけてくる。

「水路を造ることも水量を増やすことも、やろうと思えば出来るぜ？」

その言葉に私とイービリスは驚いてポカンとし……それから私がサナトに問いを投げかける。

「水を増やすなんてそんなこと、どうやったら出来るんだ？　魔法か？」

するとサナトはカラカラと笑い、それから言葉を返してくる。

「いやいや、魔法でんなことしたってあっという間に魔力が尽きてそれまでだろう。

そうじゃなくてだな……ほら、隣領でも似たようなことしてるって、エイマさんが前に話してたじゃねーか。

水源になる山に穴を掘ってそこから地下水路を街まで掘って生活用水に使ってるーとか、そんなこと。

北西で進めてる鉱山でもそうだが、山を掘ると山ん中に染み込んでる水が出てくるもんなんだよ。それが鉱山の毒に触れれば毒水になるが、そうじゃなければ良い水源になる訳で……村近くの小川だって山から湧き出て流れてきてるだろ？

地震とかで山が崩れたり裂けたりして、そこから水が湧き出て、それが大地を流れて削って、あの小川を作り出したって訳で……それと同じことをオレらの手でやってやりゃぁ水量は増えるし、新しい小川というか水路を造り出すことだって可能だぜ。

まぁ、無計画にやっちまうと、今ある小川の水量が減っちまうとか、毒水の川になっちまうとか、山崩れが起きちまうとか、あれこれと問題が起きちまうから慎重にやる必要はあるけどな」

「ふーむ……仮にゴブリン達が泳いだり船を使ったり出来るような水路を造るとしたら、どのくらいの手間がかかるものなんだ？」

「んー……生活の要になってる小川に影響を出す訳にはいかねぇから、まずどこに水路を通すか決めて、それから山の調査をして、計画をしっかり立ててから掘り始めて……鉱山とはまた違った手間がかかるからなぁ……。

イルク村まで水を引くのに……半年以上はかかるんじゃねぇかな。

それから荒野、荒野から海となると草原に街道を通した時の……数倍は手間と時間がかかりそうだな。

今ある小川の水量を増加させるってだけならもう少し早く出来るが……そのせいで小川の水を汚しちまったら最悪だからな、やらねぇほうが良いだろう。

……あとはまぁ、少し前にアースドラゴン共が地震を起こしてくれたからな、それでどっかに亀裂でも出来てりゃぁそこから水が湧いてくることもあるかもしれねぇし……アクアドラゴンでも現れたら話は違ってくるかもな」

アクアドラゴンという初めて聞く単語を耳にして、私はどんなドラゴンだろうか？　と、首を傾げ、イービリスは何を思ったかその目を鋭くさせてギラリと輝かせ、そしてサナトが言葉を続けてくる。

「なんだ、ドラゴン殺しがアクアドラゴンのことを知らねぇのか？

アクアドラゴンは……なんと言ったら良いかな、ゴツゴツとした甲殻とデカい角、何本もの足を持つドラゴンで、陸でも生きていけるんだが水の中を好む、風変わりなドラゴンなんだよ。

炎を吐きはするが、それよりも水を吐き出してくることが多くて、そこら辺が名前の由来になってるな。

水を好む関係で山の中の地下水というか、地底湖みたいなとこに暮らしていることがあって、地下暮らしのアクアドラゴンが外に出てくる時は山を壊しながら、大暴れをしながら出てくるんだよ。

その際に出来た穴というか、アクアドラゴンの通り道を上手く利用できれば、いくらか早く水路を造れるかもな。

とはいえ狙って出来るもんでもないし、水源を壊されちまうこともあるから、出てこねぇほうがありがたい存在なんだがな」

「……ドラゴンと言えば炎のイメージがあるが、水のドラゴンなんてのがいるんだな……。

　水を吐き出されてもそこまで驚異にはならないと思うが……押し流されたりすると戦いにくいのかもなぁ」

　と、私がそんな感想を漏らしているとイービリスがグッと拳を握りながら声を上げてくる。

「アクアドラゴンは海にも存在するドラゴン、まだまだ若く未熟な我らは未《いま》だ戦った経験はないが……勝てば海の勇者として歴史に名を刻まれる程の強敵というのは聞き知っている。

　もしそれと陸で戦って勝ったのなら伝説の勇者としていつまでも語られることになるだろうな。

　……水を吐き出させてある程度の水場が出来れば我らの得意戦法を繰り出すことも出来るだろうし、水路を造るきっかけとなるのであれば……うぅむ、是非とも現れて欲しいものだ」

　どうやらアクアドラゴンは海にも現れるドラゴンであるらしい。

　海水も水ではある訳だし、当然か……というか、水を好むドラゴンが山の中にいる方がおかしい訳で、元々は海にいたドラゴンなのだろうか？

　それがどういう訳か山にやってきた……か？　他のドラゴン達もわざわざ他所《よそ》、というか北の山の向こうからやってきているようだし、ドラゴンというモンスター自体、そういう特性があるのかもしれないいな。

……北の山の向こうか。

誰も足を踏み入れたことのない、ドラゴンやモンスターだらけの世界……らしいが、一体どんな世界が広がっているのやら。

いつかゴブリン達のように冒険心溢《あふ》れる者達があの山を越えて向こうに到達することも……あるのだろうか？

なんてことを考えてから私は、頭を振って思考を元の水路の話に戻し、それからサナトに、

「まだ造ると決まった訳ではないが、一応水路の案も検討してみてくれないか？　調査とかで山に行く必要があるなら付き合うから……よろしく頼むよ」

と、声をかける。

するとサナトは「親父に伝えておくよ」と、そう言ってから石材を担ぎ上げ、のっしのっしと、改築か何かをやっているらしい神殿の方へと歩いていく。

そんなサナトを見送った私は、神殿がどうなっているのか少し気になり……イービリスに挨拶をしてから戦斧をしまい、それからイルク村の西側にある神殿へと足を向ける。

メーアの石像が置かれた二本の柱がまず目に入るそこは、ある程度の形が出来上がっているのだが、完成にはまだほど遠いらしく、今でもベン伯父さんやフェンディア、パトリック達が中心となっての作業が進められている。

外見はほぼ完成、祈りの場も出来上がっているらしいのだけど、他が全然だとかで……そんな神

殿の側には竈場に似た屋根付きの一帯があり、そこにはいくつもの座卓が置かれている。

それらの前には子供達……犬人族の子供達やセナイとアイハン、ペイジン・ドシラドにメーアの六つ子達が座っていて、その視線は一際大きな机の向こうに立つペイジン・ドへと向けられている。

いつもなら商売が終わり次第帰っていくペイジン達は、ゴブリン族が帰還するまではイルク村に滞在するそうで……その間、こうして子供達に算術などを教えてくれている。

数の数え方、計算の仕方、ペイジンが愛用している計算機の使い方、商売の仕組みやコツ、獣人国の挨拶などの簡単な言語などなど……大人が教わっても有用そうな内容となっている。

教育の場、学び舎《や》とも呼ばれるそれの管理は神官の仕事でもあるそうで、伯父さん達の希望もあって、神殿の側に造られることになり……ここでは算術以外の様々なことが教えられている。

ヒューバートが先生の時は、ヒューバートが書いた様々な物語を読む時間。

物語を読んで読み書きの練習をし……それだけでなく正しく文章を理解出来るように特訓をするとかなんとか。

ヒューバートが言うには王国法を正しく理解するには、まずそれを読めなければ始まらず、ただ読むだけでなくそこに込められた意味を、意図を……どうしてその法が作られ、どう運用されているか、されるべきなのかを読み取る必要があるんだとか。

そしてそれこそが内政官としての第一歩だとかで……そのための能力を磨くには様々な思いや意図が込められた物語を読むことが大切なんだそうだ。

エイマが先生の時は、自然学についてを教わる時間。

まだまだ人が少なかった頃は全てを、算術や文字の読み書きも教えていたエイマだったが、今では太陽や風、大地がどういうものなのか、時間の流れや季節がどういうものなのかを教えている。

世界を動かす大きな歯車があり、その歯車が大地や太陽を動かしていて……小さな歯車によって大地が回転するから昼と夜が生まれ、大きな歯車によって太陽との距離が変わるから四季が生まれる。

そうした世界の基礎から新たなひらめきを得るのが自然学で……織り機などを動かしている歯車はこの教えから編み出されたものであり、それ以来自然学は教育の基礎、新たなひらめきを得るための大事な土台とされているんだそうだ。

ダレル夫人が先生の時は、算術やマナーや貴族についてのあれこれ。

今はペイジンがいるのでマナーや貴族についてを中心に教えていて、元々はこの時間は、貴族令嬢……であるらしいセナイとアイハン、それと貴族夫人になる予定のアルナーのためのものだった。

が、他の皆もいずれは貴族と関わるかもしれず、騎士という準貴族のような身分になる者も出てくるだろうということで、今では誰でも参加して良いということになっている。

これに関しては子供達だけでなく大人も、ジョー達やマヤ婆さん達も参加していたりする。

ジョー達はいずれ騎士になりたいと考えていて、マヤ婆さん達は迎賓館での給仕などの仕事があるから、という訳だ。

ダレル夫人は更にアルナーだけや、セナイとアイハンだけに向けての特別授業も行っていたのだが……最近ではその回数は減ってきている。

その理由は……と、そんなことを考えていると、学び舎の奥にいたらしいダレル夫人が、こちらへとやってきて声をかけてくる。

「セナイ様もアイハン様も、本日も変わらず真面目に取り組んでおられますよ。すっかり基礎は出来上がっていて……年齢のことを思えば王都の社交界に出ても問題ないでしょう」

どうやらダレル夫人は、私がセナイ達の様子を見に来たと思っているようで、更に言葉を続けてくる。

「お二方とも根が真面目で、エイマさんの授業のおかげか基礎的な学力も高く、身体能力にも優れていますので……吸収と成長が驚く程に早く、来年には大人顔負けとなっているかもしれません」

と、これが特別授業が減ってきた理由だ。

ダレル夫人曰《いわ》く、普通の貴族令嬢はセナイ達ほど真面目に取り組んではくれないらしい。

運動もしないことが多く、筋力と体力がなく……そうなると姿勢や仕草のあれこれを覚えるのにも時間がかかるんだとか。

セナイとアイハンは暇さえあればそこらを駆け回っているし、馬に乗っているし、弓で狩りをしているし……体の動かし方を分かっているというか、細かく教えなくても自然に綺麗な体の動かし方が出来るというか、そういった才能のようなものも持ち合わせているらしい。

そのおかげで貴族令嬢らしい仕草の基礎を習得しつつあり……まだ完璧とは言えないものの、年齢を思えば十分すぎる水準に達しているらしい。

アルナーはそこまでの才能は無いものの、セナイ達と同じく普段から運動をしているというか、セナイ達に乗馬や狩りを教えた先生でもある訳で、生真面目な性格もあってか、かなりの水準になっているらしい。

公爵夫人ともなるとセナイ達よりも習熟する必要がある……が、まだ正式な夫人ではないし、この様子ならば時間をかけていけば問題ないだろうとのことだ。

「そういう訳ですからディアス様、セナイ様達のことは心配いただく必要はありません。ありませんので……お暇なようでしたらこれから授業をいたしましょう。

ディアス様は平民出身であり武人でもあり、多少の無骨さも許容されるでしょうが……公爵たるものいつまでもそれに甘んじていてはいけません。

今に限らずお暇なお時間があるようでしたら、いつでも遠慮なくお声をかけてください」

そう言われて私がどう返したものかなと悩んでいると、ペイジンの授業が終わったらしく、子供達が元気な声でペイジンに礼を言って、それから一斉に駆け出していく。

駆け出し、そのままどこかへと遊びに行こうとして、それから私とダレル夫人に気付き、セナイとアイハンが何もないところをつまみ上げるような仕草をし、淀《よど》みない仕草で片足を下げて膝を曲げての礼をしてくる。

それはどうやらスカートなんかをつまんでする挨拶のようで、普段スカートをはかないセナイ達は仕草だけを真似ているらしく……何度も練習したのだろう、見栄えのするものとなっている。

それを見てダレル夫人はなんとも嬉しそうな、柔らかい微笑みを浮かべ……他の子供達も、女の子達はセナイ達の真似をし、男の子達は片手を胸に当て、もう片方を後ろに下げての一礼という仕草を見せてきて……改めてセナイ達の仕草の完成度を実感する。

他の子供達も悪くはないのだが、丁寧で優雅で、一切の淀みが無いのはセナイ達だけで……確かにこのレベルなら十分だと言えるのだろう。

そしてアルナーも同じ程度まで習得しているそうだし……うん、私もしっかりとやっていく必要がありそうだ。

そう考えて私が返事をしようとした時、神殿の裏から私に用事でもあるのか、神官のパトリックがズンズンと地面を踏み鳴らしながらこちらへとやってくる。

そうして私の前に立ち、私の眼前へと顔を突き出してきて、それから強めの語気でもって声を上げてくる。

「ディアス様、先日神殿の裏に墓地を造ってはどうかとベン様に進言されたそうですが、それは一体全体どんなお考えからくるものでしょうか！

元来聖なる神殿と墓地は離して建設するものとされておりますが……我らを墓守と考えているの

でしょうか！」

いや全くそんなつもりはなかったのだが……どうやら理由を説明しなかったせいで誤解をさせてしまったようだ。

ならばしっかりと説明すべきだろうと私は、頭の中で考えを整理し……それから言葉を返していく。

「戦争中にジュウハが……今は隣領で働いている兵学者の男が、普段であれば絶対に祈るなんてことをしないはずなのに、仲間の墓の前で祈っていたんだよ。

仲間の死を悼むのとはまた違う態度で、真剣な表情で祈っていて……それを見て私が、一体何故祈っているのか、どんなことを祈っているのかと聞くとジュウハはこう言ったんだ――」

『別に祈っていた訳じゃない。これからの戦略を決めるにあたって本当にこれで問題ないのか、この決断で正しいのか……俺の未熟さのせいで死んだ戦友達に恥じることのない決断なのか、自分の心に問いかけていただけだ。

軍師が本当にいるかも分からん存在に祈り始めちまったらその軍は、もうおしまいだろうよ』

「――そのことを最近ふとした拍子に思い出してなぁ。

私はジュウハと違って、自分の決断をそこまで信用していないし祈りもするが……その考え自体は悪くないのではないかと思ったんだ。

これから先、今まで以上に色々なことを決めて……決断する時が来るだろう、その時に神殿の神々と墓地に眠る仲間達に恥じない決断が出来ているのかと自らに問いかける、そんな場になってくれないかと思ってのことなんだ。

そういう訳で集会所で行っている会議も、神殿の側で出来たらなぁと、そう考えているんだ」

するとパトリックは私の言葉に思うところがあったのか、背筋をピンと伸ばし、私の目をジッと見た上で、

「考え無しに質問を投げかけたこと申し訳ありません！　大変素晴らしいお考えかと存じます!!」

と、声を張り上げる。

するとダレル夫人がコホンと咳払いをし、私達の視線を集めた上で……なんとも言えない笑みを浮かべながら言葉を返してくる。

「わたくし、以前から神殿の方々にも是非とも礼儀というものを学んで欲しいと考えていたのです。ちょうど良い機会ですからパトリック殿達にも授業に参加していただくとしましょう。

たとえば、そう……他人の話に割り込んではいけませんとか、大事な決定をする場合はきちんとその理由まで説明しましょうとか、そういった基礎の基礎からの授業を。

お二方とも、よろしいですね？」

それを受けて私とパトリックは、何も言えなくなってただ頷く。

するとダレル夫人は更に笑みを深くして……他の面々を呼び出すためにと神殿の方へと足を向けるのだった。

それからかなりの長時間となった、いつもより少しだけ厳しいダレル夫人の授業をどうにか終わらせると、授業を見ていたらしいメーアの六つ子達が「メァメァ」「ミァミァ」と声を上げながら駆け寄ってくる。

私と神官達はそんな六つ子達を撫でたり抱き上げたりしてあげて……私達と一緒に学んでいたらしい六つ子達を労《ねぎら》う。

先程の子供達の授業でもそうだったが、最近の六つ子達はこんな風に様々な授業に参加している。

それはベン伯父さんの方針……文字を書けないし、犬人族用に枠や珠なんかを大きく作った計算機を使えないメーアでも、ある程度の知恵をつけておくべきだ、という方針によるものだ。

メーアを飾った神殿が出来上がり、これから本格的にメーアを神様とした新たな教えを広めていく伯父さんにとっては、メーアが賢い方が色々と都合が良いのだろう。

六つ子達としても色々なことを学べるのは楽しいことであるらしく……本人達が望んでいるのなら悪いことではないのだろう。

そんな神殿に勤めることになる神官であるパトリック達は、六つ子達をまるで我が子のように……いや、それ以上の存在として可愛がっていて、六つ子達の方もそんなパトリック達のことを好いているようで、よく一緒に遊んだり毛の手入れをしてもらったりしている。

撫でて撫でて撫で回して、六つ子達が満足するまで構ってあげると、満足すると同時に構ってくる手が鬱陶しくなったのだろう、私達の手の中でジタバタと暴れ始めて……解放してあげると同時にどこかへと駆けていく。

それを見てパトリック達は大いに笑い……笑いながら神殿へと戻っていって、ダレル夫人も竈場の方へと歩いていって、それと入れ替わりになる形でアルナーとフランシスとフランソワがやってくる。

「ディアス、少しは上達したか？」

やってくるなりアルナーはからかうようにそう言って……その表情に少し違和感があった私は、首を傾げながら言葉を返す。

「……アルナー、どうかしたのか？」

するとアルナーは一瞬驚いたような顔になって……それから意を決したように言葉を返してくる。

「オリアナに色々と教わっていて……最近は王国の貴族のことも教わっているんだが、話によると貴族というのは足の引っ張り合いが好きなようだな。

他家のアラ探しばかりをして、それで何かを得ようとして……そしてそれを良しとする風潮があるそうだ。

……それで、その、人間族ではない私との結婚はどうなんだろうと考えてしまってな」

その声には不安の色が滲み出ていて……足元のフランシス達もなんとも不安そうな表情で見上げ

てくる。

それらを受けて私は軽く頭を掻いてから、そんな心配をする必要はないんだがなぁと笑みを浮かべながら言葉を返す。

「そういうことなら心配する必要はないぞ、私や伯父さんが教わっていた聖人様の教えでは種族で差別とかはしてはいけないことになっていたし……何よりこれから私達が信じる、というか身を置くのは伯父さんとメーアが導く教えだからな、何も問題はないだろう――」

問題は無いというか……伯父さんは最初からそこら辺のことを考慮していたのだろう。

今王都で広まっている新道派の教えでは人間族こそが至高の種族で、それ以外は劣る……見下すべき種族とされているらしい。

そんな教えがここに広まってしまえばアルナーとの結婚は難しくなる……からこそ、伯父さんは新しい教えを作り出したというか、考え出したに違いない。

「――神殿にメーア像を掲げて、神の使いとして……そんなメーアであるフランシスとフランソワに尋ねるが、私とアルナーが結婚しても問題はないよな？」

私がそう言葉を続けるとフランシスとフランソワは、大きく頷いてから「メァー！」と肯定の声を上げる。

「神の使いであるメーアが良いと言っているのだからそれで良い、誰にも何の文句も言わせない。

伯父さんは最初からこういう論法で私達を……イルク村を守るつもりだったんだろうな。

新道派の教えなんかが広まった日には、私達の結婚はもちろんのこと、イルク村の存続までが危ういからなぁ」

私がそうまとめると、アルナーはその目をパチクリとさせて……それからしゃがんでフランシスの顔を両手で挟んでグシグシと撫でて、フランソワの顔を同じように撫でる。

そうして深く安堵したような表情をし「ありがとうありがとう」と感謝の言葉を口にしながらフランシス達を撫で回し……それから立ち上がり、私の方へと向き直る。

「まさかディアスに気付かれた上に、励まされるとはなぁ……。

ディアスもそれなりに成長しているってことなんだろうな」

なんてことを言いながらアルナーは私の両頬へと手を伸ばし、何を思ったかフランシス達にやったように私の顔を撫で回す。

言葉を返そうにも頬をそうやられていると喋りにくく……仕方なしに好きにさせていると、グニグニと撫で回しながら微笑んでいたアルナーの表情が少しずつ、訝《いぶか》しむようなものへと変化していく。

頬以外の場所を触ったり頬をつまんで引っ張ったり頬を引き寄せてからじぃっと観察したりし……それから表情以上に訝しさを含んだ声を上げる。

「……ディアス、いやに肌が綺麗だが……私が渡している馬油の軟膏以外に何かしているのか……？

王国式の日焼け止め……？　いや、それならエリー達だって同じようになるはずだし……。なんだ……一体何を使ったらこんなに肌ツヤが良くなるんだ？」

その言葉を受けて私は、一体何のことだろうかと頭を悩ませ……そう言えばあの時以来、朝の洗顔が妙に楽というか、すっきりするというか、色々と調子が良くなっていったことを思い出す。

「……特別何をしている訳でもないし、いつからというのもはっきりとは言えないが……体のあちこちの調子が良くなっていったのはサンジーバニーを飲んでからだな。

あれから洗顔が楽になったというか、すっきりするようになってな……他にも色々な部分で調子が良くなっていって……。

とは言えそこまで気にする程ではないというか……若いアルナーのほうがよっぽど綺麗な肌をしていると思うぞ？」

私がそう言うとアルナーは喜んでいるような怒っているような複雑な表情をし……それからまた両頬を両手で挟んでグニグニと撫でるというか、押し込んでくるというか、そんなことをしてくる。

そうされるとまた声を上げづらくなり……それを分かっているのかアルナーは好き勝手にし、そしてそんな私達のことを見ていたフランシスとフランソワが声を上げる。

「メァ〜」

「メァーン」

それはどこかため息を吐き出しているようでもあり、からかっているようでもあり……表情もニ

ヤニヤとしたものとなっている。

そしてアルナーはそんなフランシス達のことを気にすることもなく、私のことを好き勝手に撫で続ける。

それがしばらく続いたところで、

「お前ら何やってんだ？」

と、そんな声をかけてきたのはアルナーの兄、ゾルグだった。

私の両頬を両手で挟むアルナーを半目で見やっていて……アルナーは尚も両手で挟みながら言葉を返す。

「特に何という訳でもないが……ゾルグこそ何をしにきたんだ？」

「いや、お前らんとこに呼ばれたから来たんだけどな……？

ほら、北の山で水源がどうとか検討してんだろ？　それでこっちの意見が欲しいとかなんとか、いつもの犬人族の伝令が来たぜ」

「……もうそっちにまで話が行ったのか？」

なんて会話をしてからアルナーは両手を離し……私は揉みくちゃにされた頬を軽く撫でてから、声を上げる。

「サナト達が話を持っていったんだろうなぁ。

まだ検討段階ではあるが、ゴブリン達が安全に故郷に帰るには必要なことだし、急ぎ足でというか、冬前になんとかしようとしているのかもな」

するとアルナーは「なるほど」と頷いて、ゾルグは広場の方を見やりながら言葉を返してくる。

「ゴブリン、か。魚が歩いているのを見た時には何事かと思ったが……悪くなさそうな奴らだったな。

向こうであの……獅子人族だったか？　そんな連中と手合わせしていたが、良い動きをしてるし中々の根性だし、俺を見るなり丁寧な挨拶までしてきたし……まぁ、あの連中を海に帰すためってんなら、俺達も特には反対しねぇよ。

こっちの生活用水は井戸が主だしなぁ……あとは野生のメーア達に悪い影響がでねぇのなら文句もねぇさ。

族長も俺に任せるっつってたから、同じような意見なんだろうな」

「鬼人族の村が反対しないなら……出来るだけ迷惑にならない形でやってみるとするよ。

新しい川が出来て海との行き来が簡単になれば色々と利点もあるだろうし……そっちにも期待していてくれ」

「あー……海の魚とかか？

俺達は川の魚ですら食べないからなぁ……ま、族長なんかは死ぬ前に海の魚や貝を食べてみたいっつってたから、族長の寿命が残っているうちに持ってきてくれや。

……しっかし、昔の戦友に帝国？　の軍人に……戦闘が得意らしい種族の獅子人族にゴブリンに。

こんな草原にどれだけの戦力を集めるつもりなんだよ、お前は」

「……改めてそう言われると確かにそうだが……私は別に戦力を集めているつもりはないんだがな、ただ領民を集めたいだけで……。

ただそれも、もう十分かなと思っているよ。

これから獣人国から血無し達が来て、ギルドからも何人か来てくれるそうだし……それで十分というか、これ以上増えると私の手には余るだろうなぁ」

これは本音だった。

今の段階でも把握しきれていないというか、目を通せていない部分があるし……これ以上人が増えてしまうと、私には責任を負いきれないだろう。

この草原で手に入る食料にも限度があるし……交易だって常に上手くいくとは限らないはず。

海との行き来が可能になれば余裕が出るかもしれないが……海の食材を手に入れるための資金なんかも必要になるし……うん、この辺りが限界というか、私の身の丈に合った人数なのだと思う。

幸い、生活には困っていないし、神殿が出来たり洗濯場なんかが出来たりしてどんどん豊かで便利にもなっているし……これ以上を望む必要も無いのだろう。

後は今いる皆の力で頑張っていけば良い訳で……最初の頃を思えば今の状況は出来すぎってくらいに出来すぎているしなぁ。

なんてことを考えているとゾルグが、意外にも同情的というか穏やかで優しげな表情になりながら言葉を返してくる。

「まぁ……気持ちは分かるよ。俺も族長候補なんてもんになって色々学んで、一族の皆の命運っつうか、全てを背負う立場ってもんを理解してきたからなぁ。

これ以上は無理っつうか、今でも限界っつうか……何千何万なんてものを背負ってる連中がいるなんてことが信じられねぇよ。

……だからまぁ、あれだ、もし俺が族長になったら、今まで以上に仲良くしてやってくれよ、2人で背負うなら……少しは楽になるかもしれねぇだろ？」

そんなゾルグの言葉に私は、まさかゾルグがそんなことを言ってくるとはと驚きながらも、大きく頷く。

するとゾルグも無言で大きく頷き……そんな私達を黙って見守っていたアルナーも何度も「うんうん」と頷く。

元々鬼人族とは仲良く、いつまでも上手くやっていくつもりだったが……今のゾルグが族長になってくれるのなら、もっと上手くやっていけるかもしれないな。

そうやってなんとも言えない……温かいというか生ぬるいというか、柔らかで優しい空気が周囲を包み込み……そんな中ゾルグが照れくさそうに声を上げる。

「イルク村が上手くやっているおかげで、こっちの生活も色々と楽になってきてな……これからは

俺らも、色々と力を貸せると思うからよ、頼りにしてくれてもいいぞ。

まーたドラゴンなんかが現れても、俺達に任せておけって訳だな！

まー……今までが異常だっただけでドラゴンなんてそう簡単に現れるもんでもないからな、そんなことまず無いと思うが――」

と、ゾルグがそんなことを言っていると、普段なら1人で出歩くことのないマヤ婆さんがこちらへと歩いてくる。

それに気付くとゾルグは言葉を止めて、マヤ婆さんの顔を見るなり全身を緊張させて硬直し、何かを言いたげにする。

ゾルグとマヤ婆さんは宴などの際に顔を合わせた程度の知り合いのはずで……マヤ婆さんからはアルナーの兄、ゾルグからは占いが得意らしいお婆さん程度の認識しかなかったはずだが……？

それともまた私には分からない魔力関連の何かがあって、あんな風に硬直しているのだろうかと考えていると、硬直していたゾルグが震える声を上げる。

「……婆さん連中があぁいう顔をしている時は大抵ろくでもないことを言ってくるんだよ。族長の相手を散々してきたからな、俺には分かるんだ」

その言葉を受けて私とアルナーが、何を馬鹿なことを言っているんだと、そんな顔をしているとマヤ婆さんは頷いて口を開き、はっきりとした物言いで告げる。

「ついさっき占ってみたんだけどね、来週かそれ以降に北の山から大きなモンスターが……恐らくドラゴンが来るようだよ。

大きくて強くて、坊やでもちょっと苦戦するかもしれないねぇ。

……まぁ今回は、頼りになる仲間がたくさんいるみたいだし……安心しても良さそうだね」

私とアルナーは、驚きながらもマヤ婆さんがそう言うのならと納得したような表情となり……そしてゾルグはがくりと肩を落とす。

「何も協力すると言った直後に、そんな話を持ってこなくてもなぁ……。

……いや、もしかして占いで、いつ話を切り出すべきか、なんてことまで分かってたってことか？」

ゾルグが肩を落としながらそんなことを言うと、マヤ婆さんは……私達が今まで見たことのないようなにっこりとした、満面の笑みを浮かべるのだった。

襲来への備えをしながら――

マヤ婆さんの占いは大体こんな内容であったようだ。

来週かそれ以降に北の山にドラゴンが現れる。

それは今までにない強敵で私が苦戦することになる。

……が、諦めずに立ち向かっていれば必ず勝利することが出来るだろう。

私としては『必ず勝てる』という部分に安心していたのだが……他の皆にとっては『私が苦戦する相手』という部分が問題だったようで、安心なんてしていられないと言わんばかりの結構な大騒ぎになってしまった。

来週までに全戦力を揃える必要があるとか、そのための装備を揃える必要があるとか、長期戦になることを見越して食料なんかも多めに用意すべきだなんてことまで言い始めて……最初はそういった騒ぎを止めようと考えていた私だったが、それらの準備も勝利のために必要なのかもしれないと考えを改めて、傍観することにした。

傍観した結果……来週のドラゴン襲来に向けての話し合いがどんどん進み、翌日には話がまとまり、こんな戦力でドラゴンに挑むことになった。

まず私、私の補助ということでクラウスとアルナーとエイマ。

鷹人族のサーヒィ達４人、ジョーとロルカが率いる10人、パトリック達神官兵４人、マスティ氏族が10人、洞人族の若者が５人。

鬼人族の村からの援軍ということでゾルグ率いる鬼人族の戦士達が10人、隣領からの援軍ということで獅子人族のスーリオ、リオード、クレヴェの３人。

更にゴブリン族とペイジン・ドまでが参戦を表明し……それぞれ６人と１人。

リヤンは何人かを率いてクラウスの代わりに東側関所の警備、モントも何人かを率いて西側関所の警備、残りの領兵達と、マスティ氏族や他の犬人族達はイルク村の警備に就くことになっていて……そんな中で特にやる気を燃やしているのはジョー達になるだろう。

鬼人族の女性と結婚することが決まったジョーとロルカと領兵５人は、ここが男気の見せ所だと張り切っていて……出稼ぎのような形でイルク村に滞在している女性達も、その手伝いをするぞと張り切っている。

更には同じく結婚することが決まり、相手との関係も順調らしいゾルグもやる気を出していて……そうやって結婚に向かって突き進むジョー達に当てられてなのか、他の領兵達や鬼人族の戦士達もやる気を出している。

ドラゴンを狩れたとなれば、相応の男気を見せたことになるだろうし、相応に盛り上がった宴も開かれるだろうし、その勢いで……なんてことを考えているようだ。

スーリオ達やペイジンに関しては客人なんだからゆっくりするなり、避難してくれて良いと言ったのだが……本人達がドラゴンと戦ってみたい、役に立ちたいとやる気になってしまっていて、こちらが止めても聞かない状態だ。

特に商人であるペイジン・ドの参戦には反対したのだが……行商であるペイジン・ドは盗賊とやり合ったりモンスターとやり合ったりで腕に覚えがあるそうで……今回は特別、ということになった。

なんでもペイジン家に伝わる伝統的な武具まであるそうで……そんなものまで引っ張り出して参戦してくれるそうだ。

商会の護衛達はペイジンの馬車やドシラドの護衛に集中するそうで……ついでにイルク村で何かあればその手伝いもしてくれるらしい。

ここまでの大人数な上に客人まで参戦するというのは不安というかいざ何かあったらと心配になってしまうというか、あまり乗り気にはなれない話だったが……いざとなったらあの絨毯があるし、なんとかなるのだろう。

怪我を治せる不思議な絨毯……色々試した結果、骨折くらいの大怪我でも時間さえかければなんとかなってしまう不思議で物凄い道具。

少し前にジョー隊の1人が鍛錬中の事故で足を骨折したなんて騒動があったのだが、それすらもあの絨毯は治してしまっていて……今回のドラゴン退治でも頼ることになるのだろうなぁ。仕組みがよく分からないものに頼りすぎるのは良くないとは思うのだが……まぁ、それに関しては戦斧も同じだしなぁ、今更なのだろう。

……今回の編成で問題になったのは軍馬の数だった。

現在イルク村にいる軍馬は八頭で……うち三頭は東側関所で使っていて、一頭はモントが愛用、残り四頭のうち三頭は西側関所で使うということになっていて……残るは一頭。

明らかに数が足りていないというかなんというか……ジョーとロルカの分さえもまかなえていない。

足りないのだったら増やせば良いのかもしれないが……軍馬はそう簡単に買える値段ではないし、買えたとして誰が世話をするのかという問題もあるからなぁ。

軍馬がいれば移動はもちろん、戦闘や連絡にも役立つ訳だし……出来ることなら人数分揃えてやりたいんだがなぁ。

なんてことを考えながら村の見回りをしていたからか、足が自然と厩舎《きゅうしゃ》の方へと向かい……家畜達の世話をするシェップ氏族とアイセター氏族の姿が見えてくる。

十九頭の馬に七頭の白ギー、二頭のロバに四頭のヤギに三頭のラクダ……それらの世話をしている二氏族は本当に忙しそうで、これ以上数を増やしてしまうと彼らの負担が限界を超えてしまうのは明らかだ。

ガチョウ小屋の方でもそろそろ五十羽近くになるガチョウの世話をしているそうだし……うぅむ……。

「いつの間にやら大所帯だなぁ……特にガチョウは一体いつのまにあんな数になったのやら」

思わずといった感じで私の口からそんな言葉がこぼれると、いつの間にやら足元へやってきていたシェップ氏族長のシェフが声をかけてくる。

「ガチョウはですね！　エリーさんがちょくちょく買い足してくれるんですよ！

それとどんどん卵が孵《かえ》ってまして……ボク達の夢のために目指せ三百羽です！」

「さ、三百羽か？　三百羽もなんで必要なんだ？」

私がそう返すとシェフは大きく頷いて、両手で丸い何かを描きながら言葉を続けてくる。

「丸焼きです！　ガチョウの丸焼きを1人で一羽ずつ食べるんです！　皆で食べたいんです！

絶対美味しいですし楽しいですよ！　丸焼きのお祭りです！」

「ま、丸焼きかぁ……しかしそんな数になると世話が大変なんじゃないか？」

「別に平気ですよ？　手が足りなければ人数を増やせば良いんです！　ボク達の子供もそろそろ働けるくらいに育ちますし……来年はもっと増えますから！」

「しかし……そんなに人数が増えるとそれはそれで大変じゃないか？　管理しきれないというか目が届かないというか……」

「そうですか？　大丈夫だと思いますよ！　大変なくらいに数が増えすぎても誰かに任せちゃえば

良いんです！

任せる人が足りないなら任せる人を増やしちゃえば良いんです！　ボク達で言うなら氏族長を増やす感じですね！

あ！　もしかして人間族さんも、ボク達みたいにどんどん子作りして増えるんですか？　最近よく増えてますもんね！

なら簡単ですよ、クラウスさんとかモントさんを氏族長にしたら良いんですよ、ベンさんとかエリーさんでも良いんじゃないですか？

なんて名前の氏族になるんでしょうね、今から楽しみです！」

身振り手振りを交えながら、忙しなく楽しそうにそんなことを言うシェフ。

恐らくそれは深い考えがあってのものではなく、自分達もそうだからそうしたら良いという、単純な考えでのものだったのだろうが……思わず「なるほどなぁ」と声が漏れてしまうものだった。

昨日は領民はもう十分だ、なんてことを考えてしまったが……現状軍馬が足りておらず世話をする人が足りておらず、そうなると人を……領民を増やす必要がある……。

シェフの夢を叶《かな》えてやるためにはガチョウと世話係を増やす必要があり……今の人数で十分とはとても言えないのだろう。

私にはもう管理しきれないが、クラウス達なら上手くやってくれるかもしれないし……クラウス達に任せたからこそ良い結果に繋がることもあるはずだ。

私が苦戦するような、あるいは負けるようなドラゴンが今後も現れるかもしれないのだし……出来るだけ戦力は増やしておくべきなのだろう。

まだまだ結論は出せないというか、あれこれ考えたり皆に相談したりする必要はあるかもしれないが……悪くない考えだと思う。

「ディアス様？　どうしました？　あ、もしかして氏族名で悩んでるんですか？　あ！　ボクの名前参考にしてもいいですよ！　ライハートゴードフニャディシェフ氏族とかとても良いと思いません？」

考え込んでいる私を見てか、シェフが良い笑顔でそんなことを言ってきて……それを受けて私は、したたかと言うかなんと言うか、もののついでに自分の名前を氏族名にしようとしているシェフの頭を、これでもかと撫で回してやるのだった。

ドラゴン討伐軍の編成が終わったら、今度は装備の準備が始まった。

私やサーヒィの装備は整っているが、他の面々は完璧とは言えず、洞人族総出で完成を急ぐことになった。

以前現れたアースドラゴンの素材は売らずに装備にすることが決まっていて、ある程度準備していたというか、作業が進んでいたこともあって問題なく完成するそうだ。

それ以前の装備は鬼人族の職人に作ってもらっていたが、今回は洞人族達が作る訳で……かなり出来が良いと言うか、段違いの性能になるらしい。

クラウスの鎧よりも動きやすく使いやすく……クラウスが言うには全くの別物と言って良い程だとか。

もちろんクラウスの鎧や槍にも手を入れて、出来る限り使いやすくしてくれるそうで……マスティ氏族達が使っていた竜牙《りゅうが》、竜鱗《りゅうりん》のマントと名付けた装備も同様に手入れをするそうだ。

ロルカ、リヤン、他10人もアースドラゴン装備、パトリック達はあくまで神官だからと神官服で挑むつもりらしく……せめて強度の高いものをということでメーア布で作ったものを用意する。

洞人族の若者達……洞人族の中でも指折りの戦士達もアースドラゴン装備、それと以前フレイムドラゴン戦で使ったメーアワゴンも使い……鬼人族の戦士達は向こうで作ったアースドラゴンの弓矢。

スーリオ達はあくまで隣領所属なのでアースドラゴン装備をこちらで用意する訳にはいかない……が、鉄の装備くらいは構わないだろうとのことで、洞人族製の鉄鎧と鉄爪。

ゴブリン達にも洞人族製の鉄槍が用意されることになり……洞人族達が気を利かせてか、錆びにくい作りになっているらしい。

ペイジンにも鉄装備が用意されることになり……本人の希望でショートソードを五本程用意することになった。

何故五本かと言えば戦い方の関係で数が必要らしく……予備という意味でもあるらしい？

鉄の防具を使うのは苦手だとかで、ペイジンの防具はパトリック達のようにメーア布で作ることになり……何かこだわりでもあるのか、茶色に染めた全身を覆うような服になるようだ。

私はいつもの戦斧にオリハルコンの鎧兜《よろいかぶと》、投げ斧という装備でクラウス達と一緒に行動するためベイヤースには乗らない。

サーヒィはウィンドドラゴン装備、サーヒィの妻達はあくまで連絡役ということで装備は用意しないようだ。

用意しようにも出来ないというか……空を舞い飛ぶのに支障がない装備となると、どうしてもウィンドドラゴン素材が必要になってくるようだ。

そしてアルナーは……まぁ、いつも通りの格好となる。

いつもの服にアースドラゴンの弓矢、そしてカーベランに跨っての参戦だ。

カーベランと一緒に行くならばと洞人族達が馬鎧……馬用の鎧を用意しようかと言ってくれたが、アルナーが言うには無いほうが動きやすいとかで、用意しないことになった。

洞人族達が言うには薄い鉄板を、何枚も何枚も縫い合わせて、馬の背中から覆うようにしてかけてやると、そこまで動きを邪魔しない良い装備になるそうだが……アルナーとカーベランにはそれでも邪魔になってしまうようだ。

鬼人族の戦士達も愛馬と共に参戦するが馬鎧は必要ないとかで……どうしても防具をつけるとな

っても、メーア布製のものを使うのが常なんだそうで……それ以外の防具をつけての戦い方を知らない状態では逆効果にしかならないそうだ。

そんな感じで装備が用意されていき……完成次第慣らしを兼ねての鍛錬が行われ、戦闘中の合図や陣形などの確認も行われ……数日が過ぎた。

マヤ婆さんの占いではそろそろドラゴンが現れるということになっていて……出現地点である北の山にはサーヒィや洞人族達が巡回をしてくれている。

足の遅い洞人族達は巡回に不向きなのだが、地中の振動や山のちょっとした変化に敏感に気付くことが出来るそうで……メーアワゴンをマスティ氏族に牽《ひ》いてもらってあちこちを見回ってくれている。

その間、私達は装備をしっかりした上で、イルク村で待機していて……大体の面々が広場に集まっている。

装備の手入れをしたり、体を軽く動かしてほぐしたり、馬の世話をしたり……誰かと談笑したり。

そんな中で私は能力の発動のために日光と魔力が必要なオリハルコンの鎧兜の準備をしていて……太陽に向かって両手を大きく広げながら仁王立ちになり、兜の上のエイマと左右に立つセナイとアイハンに魔力を注入してもらっていた。

ナルバントが言うには、そんなポーズを取らなくとも普通にしていたらそれで良いらしいのだが……セナイとアイハンが、

「それでもいざという時のために準備しておく！」

「だいじなときに、ちからがたりなくなったら、どうするの！」

なんてことを言っていつになく頑なな態度を取っていて……２人なりに心配してくれている、ということなのだろう。

「ドラゴンいっぱい狩ってきてね！　モンスターもいっぱい！」

「にがしちゃだめだよ！　ぜんぶたおしてきてね！」

心配しながらも応援の言葉が勇ましいというか、妙に好戦的なのはアルナーの影響なんだろうなぁ。

「たくさん狩っていっぱい稼いで！」

「やせいのめーあも、どらごんきたらこまっちゃうから、ぜんぶだよ！」

そんな２人の言葉は私やジョー達からするとちょっとだけ驚いてしまうものなのだけど、鬼人族からすると当たり前……というか、むしろ褒めたくなるようなものらしく、私達がなんとも言えない表情をする中、ゾルグを始めとした鬼人族の戦士達は嬉しそうというか満足げというか……立派に成長したセナイ達を微笑ましげに眺めていて、ゾルグに至っては「良い女になったなぁ」なんて言葉を感慨深げに呟いていたりする。

そうやってなんとも言えない時間を過ごしていると、北の空から聞き慣れた大きく翼を振るう音が聞こえてきて……直後エイマは私の懐に潜み、ゾルグ達は乗馬をし、セナイ達はささっと私から離れ、出来たばかりのアースドラゴン装備のジョー達はクラウスと共に整列した上で全員が揃っているかの確認をし始める。

洞人族達は巡回中、マスティ氏族はその手伝い。

パトリック達が私の側へと駆けてきて、スーリオ達やゴブリン達も同様に、そしてペイジンは目元以外を布で包み、独特の……獣人国風らしい全身服を身にまとい、鞘《さや》に納めたショートソードを腰に下げつつ背にも背負うという格好で静かに現れ……そうして全軍の準備が整う。

「山に異変ありです！　何かが山肌を突き破ろうとしています！」

そこに鷹人族の女性、リーエスがやってきて声を上げ、それを受けて私達は北に向かって足を進め始める。

見送りは村に残る皆で……ベン伯父さんやフェンディアは静かに祈り、オリアナは「ご武運を」と言いながら静かに一礼をし、マヤ婆さん達はシワを寄せた笑顔で「暴れておいで」とか「占いを忘れないで」とか「終わったらまた宴だねぇ」とか、呑気《のんき》なことまで言っていたりもする。

そんな皆に見送られながら足を進めて……しばらく進むと、またも鷹人族の女性、ビーアンネがやってきて、慌ただしく声を上げる。

「敵はドラゴンだけではありません、正体不明が多数！　洞人族の皆さんはそれらに追われる形でこちらへの合流を急いでいます！」

「アルナー！　ゾルグ！　洞人族の援護を頼む！　クラウス！　ジョー、ロルカ！　駆け足！」

反射的に私の口からそんな声が出ていく。クラウスやジョー達が側にいるおかげか戦争の時の感覚が戻っているようだ。

緊急時でもしっかりと考えた上で指示を出すジュウハと違って私の指示は勘頼り、とりあえずの指示を直感的に出してから、内容に問題ないかと考えて行動していくというアレなものだが……うん、問題はないようだ、懐のエイマからも異論は上がってこない。

足の遅いゴブリン達を置いていく訳にはいかないし、モンスターまみれの北の山近くで戦うのもどうかと思うし……騎馬のアルナー達に援護させた上で、次に速く移動出来るクラウス達に任せておけば状況に合わせて行動してくれるはずだ。

私達は着実に仲間を置き去りにしないように足を進めることにし……焦れた様子で懸命に足を動かしているゴブリン達と共に北へと向かう。

するとまだまだ草の残る、北の山まで後少しという所で、複数のメーアワゴンを展開し、それを防壁のようにして交戦しているクラウス達の姿が視界に入り……その相手を見た私達は目を丸くしながらも駆け出し、クラウス達と合流しようとする。

すると今までの鬱憤を晴らすかのように、息が切れることも構わずゴブリン達が全力で駆け出し……しっかりと両手で構えた鉄槍を突き出しモンスターを攻撃し始める。

それは一瞬、何らかの獣人かと思うようなモンスターだった。

ぱっと見は私の膝丈程の小人で緑色の肌をしていて……毛のない顔は凶悪に歪み、鼻と耳が鋭く伸びている。

「あの邪悪な瘴気《しょうき》……確実にモンスターですよ！」

懐から上がるエイマの声、どうやらモンスターで間違いないようだが……一体あれはどんなモンスターなのだろうか？

今までに見たことのない系統と言うかなんと言うか……そもそもドラゴンは一体どこにいるのか……？


「この化け物共がぁぁぁぁ！」

「陸のモンスターとはここまで醜悪なのか!!」

「だが弱い、弱いぞぉぉぉ！」

「おおお、我らが海神よ、誉れある戦いをご照覧あれ！」

「おおお、この槍のなんと鋭いことか！」

「はははは、手柄首が数え切れんぞ!!」

ゴブリンのリーダー、イービリスを始めとしたゴブリン達がそう声を上げながら次々に倒していくモンスターは数え切れない程……数百はいそうで、私はしっかりと戦斧を握り直した上で、そんな戦場へと駆け込んでいく。

そうして戦いが始まり……何匹かを倒したことで分かったことだが、緑色の小人は思っていたよりも厄介な相手だった。

体が小さいから力はそこまでではないのだが、体が小さいからこそ小回りが利く上に素早く、他のモンスターと違って武器を持っているのも厄介だ。

武器自体は木の棒や石と、そこら辺で拾ってきた物でしか無いのだが、それでも力いっぱい振るえば威力は十分で……体格の割に力があるらしい小人の一撃は侮れないものがある。

それでいて小人達は賢いというか小賢しいというか、獣や他のモンスターではまず見ることのない動きを見せてくる。

群れでの連携となると狼《おおかみ》もそうなのだが、それとはまた違い……自分達の体の小ささを上手く利用して草に隠れたり、武器をその場その場に応じて投げてみたり、新しく拾って獲得してみたり、仲間の死体を盾にしたり武器にしようとしてみたり、手段を選ばずただただ勝つことだけに執着しているような悪辣さがあった。

一匹一匹は弱い、戦斧を一振りするだけで何匹も倒せてしまうような弱さなのだが……その数の多さと悪辣さが、小人を厄介な存在にしてしまっていた。

……そんな相手だが、メーアバダル軍が苦戦しているかというと……そうでもなかった。

まずクラウスとジョー、ロルカ達。

長い間一緒に戦ってきただけあって連携が出来上がっていて、多数を相手することにも慣れているので全く問題がない。

アルナーやゾルグが率いる鬼人族達も、戦場全体を囲うように馬を走らせながら草の中に潜む小人達を次々に射っていて……生命感知魔法を使っているのか、小人達がどれだけ必死に体を伏せて隠れようとしていても全く問題ないようだ。

更にはその愛馬達。

小人達が近寄ろうとすると踏みつけるし、その攻撃を敏感に感知して回避をするし……馬上のアルナー達がいちいち指示をしなくとも、それぞれの判断で攻撃や回避をしている。

「ゾルグ！　これだけの数が相手だと矢が足りない！」

そんな中、アルナーがそう声をかけるとゾルグは、

「ラァァァァ！」

と、声を上げ、それを受けて鬼人族達はすぐさまに動きを変えて……矢で射るのではなく、馬でもって戦場を踏み荒らし始める。

集団となって味方の邪魔にならないように戦場を駆け回り、次々に小人を踏み潰し……確かにあの方が効率的に小人を倒せそうだなぁ。

そしてゴブリンや犬人族達には背の低い小人は戦いやすい相手であるらしく、全く苦にせず、その武器や防具や鱗を上手く使って有利に戦っていて……獅子人族のスーリオ達は、普段から犬人族達と訓練をしていたからか、それなりに問題なく戦えている。

洞人族の戦士達は……まぁ、うん、なんと言うかいつも通り。

相手が武器で殴って来ようが爪で引っ掻いて来ようが、噛《か》みついて来ようが気にすること無く全

てを受けて、そしてその防具や体の硬さで全てを弾いた上で小人達を殴り潰している。

しっかり戦えるか心配だったパトリック達も、相手が神々の敵とされているモンスターなこともあってか、奮戦していて……この戦場の中で一番苦戦しているのは、私かもしれないなぁ。

戦斧を振るえば倒せるし、相手の攻撃は鎧が完全に防いでくれる……が、力いっぱいに振るう必要のある戦斧で数の多い小人を倒していくのはどうにも非効率だし、結構な確率で攻撃を避けられてしまうし、体格差もあってか死角に回り込まれてしまったりもしている。

投げ斧で対処するとなると数えきれない程の相手を一匹一匹丁寧に倒していくことになるし……うぅむ、なんとも戦いにくい。

それでも懸命に戦斧を振るい、振るって振るって振り回していると、まさかこれがマヤ婆さんの言っていた苦戦なのだろうか？　なんてことが頭の中に浮かんでくる。

確かにまぁ苦戦と言えないこともないが……いや、そもそもドラゴンはどこにいるんだ？　まさかこの小人がドラゴンという訳でもあるまいし……。

「公！　恐らくこいつらは穴ぐらに暮らしていただけの雑魚《ざこ》だ！　ドラゴンにその穴ぐらを壊されたかして追いやられたのだろう！」

戦闘音と小人達の悲鳴やら雄叫《おたけ》びやらが響き渡る中、駆け寄ってきた洞人族の若者がそんなことを言ってくる。

「ならドラゴンはこれからやってくるということか？」

「これからやってくるのかこの先で待っているのか、なんとも言えん！　小人がこれで打ち止めなのか、他のモンスターまで追いやられて来るのかも分からん！　ただこの状況で追加は、特にドラゴンは厄介だぞ！」

戦斧を振るいながら私が返すと、若者はそんなことを言ってきて……それはまた厄介だ、どうしたものかと頭を悩ませていると、そんな私の隙を突いてか何十かの小人がこちらに突撃してきて……どこからか降ってきた影がそれらを切り裂き、影が投げたショートソードがそれでも私に襲いかかろうとしていた小人達に突き刺さり、直後声が響き渡る。

「ディアスどん！　この先の様子を見てきたでん！」

その影と声の主はペイジン・ドだった。

いつの間にかいなくなっていたと思ったらこの先の偵察をしてきてくれたようで……ペイジンと共に偵察に行ってきたらしいリーエスからも声が上がる。

「先程報告した山肌から、赤くゴツゴツとした甲殻を持つ多脚のドラゴンが出現しました！」

「恐らくあれはアクアドラゴンだでん！　あっしらも話に聞いたことしかないんだども、水の中で生活している連中から聞いた特徴が合致するでん！」

ショートソードを両手と舌でもって器用に振るいながらペイジンが、これまた器用に口を動かしてそんなことを言い、リーエスが頷いての同意を示してきて……私は戦斧を思いっきりに振り回し、以前ぶん投げた時のようにグルングルンと回転させながら振るい、そうやって小人達を寄せ付けないようにしながら、どうすべきかと頭を悩ませる。

このままここで小人を全て倒してからドラゴンの下に向かうか、ここは皆に任せて先行するか。

アクアドラゴン……サナトが言っていた水に棲まうドラゴンだったか、確かに山の中にもいるという話だったが……。

「ディアス様！　先に行ってください！」

私があれこれと考えながら戦斧を振るっていると、駆け寄ってきたクラウスがそう声をかけてくる。

「子供が好きなディアス様にとっては、子供みたいな体格なこいつらはやりにくい相手でしょうから、俺達に任せてください！　なぁに、すぐに全部倒して追いつきますよ！

あっ、ディアス様の戦いぶりを見学したいだろうし、スーリオさん達もどうぞそちらに！」

更にそうクラウスが続けると、即座にロルカとリヤンが私の穴を埋めるように動き、スーリオ達が駆け寄ってくる。

子供がどうとかは正直意識していなかったのだが、確かに子供との戦闘経験などないし……私が一番苦手な相手なのかもしれない。

そういうことなら、悩んでいる暇は無いだろうと駆け出し……ペイジンが、

「あっしも連絡役として同行しまひょ！　サーヒィどんは空から大軍を俯瞰《ふかん》してこそでっしゃろから、あっしの方が適任でっしょ！」

と、声を上げてついてくる。

続いてゴブリン達が、

「アクアドラゴン狩りであれば我らが本領！」

と、そんなことを言いながら駆けてきて……そうして私、懐のエイマ、スーリオ達3人、ゴブリン達6人、ピョンピョンと跳ね駆けるペイジンという面々でドラゴンがいるらしい北へと向かうことになり……ドラゴンの位置を把握しているペイジンが先導する形となる。

ショートソードを構えたまま、なんとも器用に跳ねて跳ねて、よくもまぁあんな移動をして疲れないもんだと感心するような姿を見せて……平野と山との境目といった辺りに到達すると、件のドラゴンが視界に入り込む。

フレイムドラゴンと同じくらいの大きさか、それ以上か……赤いという点もフレイムドラゴンに似ているが……その姿形はドラゴンらしいとはとても言えない。

「ザリガニか？　いや、ザリガニにしてはハサミが小さいし、妙に触覚が大きいが……でもザリガニだよな、あれ？」

その姿を見て足を止めた私がそう言うと……懐からはため息が漏れて、スーリオ達は何を言っているんだと、そんな顔を向けてくる。

「ディアスどん、あれはドラゴンだでん、確かにあっしの国でとれるお高いエビに似ちょりますけど、どう見てもドラゴンだでん」

更にはペイジンがそう言ってきて、私はなんとも腑《ふ》に落ちない気分になりながらも、ザリガニをしっかり見据えた上で構えを取って、フレイムドラゴンよりは戦いやすそうだと、そんなことを思いながら戦斧を振り上げる。

「まずは私が様子を見る！　皆は離れていてくれ！」

そんな声を上げて振り上げた戦斧を持つ手に力を込めていると、私の言葉通り皆が離れていく。

「本来なら前に出ちゃいけない立場なんですけど、ディアスさんは洞人のお守りにこの鎧がありますからね……実力的にもディアスさんが前に出るのが一番良い手なんですよねぇ」

1人離れず懐に残ったエイマがそんなことを言ってきて……私は頷いてからザリガニの方へと足を進める。

「戦い方に関してはボクから言えることは何もありませんが、どんな見た目でもドラゴンはドラゴンなので油断だけはしないように。

苦戦しそうなら撤退して皆と合流するのも有りですからね」

更にエイマが言葉を続けてきて、私は頷き……一切の油断なく、本気で戦うために一気に駆け出す。

先手必勝、相手が何かする前に叩き潰せば良い。

そう考えて駆け進み、ザリガニまでもう少しという所まで来たなら敵の攻撃に警戒しながら加速し、正面から右へと駆け抜けながらザリガニが構えた角というか鞭というか、二本の長い触角に戦斧を叩き込むと、思っていた以上に簡単にと言うか、あっさりと触角が砕け折れ、甲殻や肉、血なんかが周囲に飛び散る。

「なんだ、脆《もろ》いな」

アースドラゴンには全く及ばないしフレイムドラゴンより脆い印象で、駆け抜けた先で体勢を整えた私の口から、思わずそんな言葉が口から漏れる。

これなら簡単に勝てるだろうとそんな考えまで浮かんできて、それでも油断せずに戦斧を振り上げているとザリガニは、口……と呼んで良いのかも分からないような奇妙な、多数のブラシのような何かが蠢くそこから大きな声を張り上げる。

『ギィイイイイイ!!』

金切り声というかなんというか、聞くに堪えないその音はまず間違いなくエイマが嫌がるもので、さっさと倒すかともう一度駆け出そうとすると、その前にザリガニがその……数え切れない程の数の脚をシャカシャカと動かし、そのでかい図体からは全く予想も出来ない素早い動きでもって、私の周囲で円を描くように動き始める。

「ザリガニってこんな動きをする生き物だったたか!?」

「だから相手はドラゴンなんですってば!!」

私の上げた悲鳴のような声にエイマがそう返してきて、私は何とも言えない気分になりながらも視線を外すことなく、グルグルとザリガニの動きを追いかけ続け……ここだという機に投げ斧をぶん投げる。

あの脆さならいけるだろうと考えての攻撃だったが、見事狙いは的中し、相手の脚の一本を砕いた手斧は、その勢いのまま別の脚にぶち当たる。

二本連続という訳にはいかなかったが通用するならそれで十分、すぐさま力を込めて手元に戻したなら、尚もシャカシャカと動き回っているザリガニへと投げ斧を投げ当てる。

するとザリガニは先程より大きな声を、

『ギィィィィィィィ！！！』

と、上げながらその触角を持ち上げ……鞭のように振るうと思っていたそれを振り上げ、まさかのまさか槍のように突き出し、私を貫こうとしてくる。

鋭く速く、それが連続して繰り出されて、その間もシャカシャカと動き回り続ける。

「一本砕いておいて良かったよ!?」

鋭さはクラウスのそれには及ばないものの、思わずそんな悲鳴が出る程にその攻撃は絶え間がなく、懸命に避《よ》けてはみたものの……一歩及ばず私の腹に命中しかけ、鎧の力が発揮され触角が大きく弾き飛ばされる。

もしこれが二本だったらどうなったことか、そんなことを考えながらその隙に一気にザリガニの方へと飛び込んで……私から逃げようとシャカシャカ動く脚の束を戦斧でもって薙《な》ぎ払う。

力を込めて出来るだけ大きく。

結果、何本もの脚が砕け……ザリガニの動きは一気に鈍り、そうやって生まれた新たな隙を逃さないよう戦斧を振り上げて、その頭に叩き込んでやろうとした――――その時、またも私の腹が突かれる。

幸いその攻撃自体は鎧が防いでくれたものの、思わぬ所で衝撃を受けてしまったことで狙いが狂い、戦斧はザリガニの甲殻の一部をほんの少しだけ砕いて地面へと突き刺さる。

一体何で攻撃されたのか？　脚で突いてきたのだろうか？

なんてことを考えながら体勢を整えてザリガニを見やると、砕いたはずの触角が治っている――というか、新しく生え替わっていて、生え替わったばかりだからかわずかに赤みを含んだ白い触角が、何度でも私を突いてやるぞとばかりに鋭い動きを見せている。

よく見てみると無傷の触角よりは短い、短く白く硬さも今ひとつなのか、動く度にしなっていて……砕いた脚も同様に新しく生えてしまっていた。

……いや、違う。新しく生え替わったのではなく、傷口から再生していっているようだ。

よく観察したら分かる。今も脚や触角がジワジワと長くなっていっている。

正確に言うのなら元の長さに戻ろうとしている訳か……全く、確かにこれは苦戦しそうな相手だなぁ。

だけどもやることは変わらない。再生にだって体力を使うのだろうし、再生出来なくなるまで砕いて砕いて砕き尽くせば良いだけの話だ。

そうと決まったならと戦斧を振り上げて振り下ろし、脚が再生しきってまたそこらを駆け回られないようにと脚を中心に攻撃を繰り返し……そこら中にザリガニの甲殻をばらまいていく。

もちろんその間、ザリガニも攻撃をしてくるが、鎧の力がそれを防いでくれて……いやはや全く、この鎧がなかったらどんなことになっていたやらなぁ。

「ディアスさん！　ドラゴンが瘴気魔法を使い始めたみたいです！　こちらをなんとか弱らそうとしているみたいですが、お守りのおかげでまったく問題なしです！　ボクもついでに守られています！」

そんな攻防の最中《さなか》、エイマがそう報告してくれて、私は、

「皆！　魔法の影響を受けないよう、更に距離を取ってくれ!!」

と、声を上げながら更に力を込めて戦斧を叩き込んでいく。

攻撃して攻撃して攻撃して……鎧のおかげで攻撃だけに集中出来て、一体何回攻撃を放っただろうか、そこら中にザリガニの甲殻が散らばった所でザリガニの口が動き、そこから凄まじい勢いの水流が放たれる。

忘れていた訳ではなかったし、一応の警戒をしていたのだがまさかこれ程の勢いとは……鎧が力を発揮して水流を弾いてくれているが、それでも私の体は後ろへと押されていき……同時に水流を弾く力が弱まってくる。

鎧は攻撃を受ければ勝手にその力を使ってしまう。そして鎧に込められた魔力には限度があり

……大量の水を弾こうとしているせいで一気に力を消費してしまっているようだ。

正直水くらいは弾かずに受けても良いと思うのだが、そんな判断を鎧がしてくれる訳もなし。

視界全てが激しく流れる水流で埋もれる中、どうしたものかと頭を悩ませていると、そこに誰かの声が……水流の凄まじい音のせいで聞き取れない何人かの声が響いてくる。

そうして鎧の魔力が切れた瞬間、私の胴体を何かがくるりと巻き付くようにして掴み、真横へと凄まじい力で引っ張り、水流の中から救い出してくれる。

「ディアスどん！　こっちだでん！」

どうやら私を引っ張り出してくれたのはペイジンの舌だったようだ。

ペイジンは私を舌で引っ張りながら器用に声を上げ……一体どこにそんな力があるのだろうという勢いで自分の側へと私を引き寄せてくれる。

「ディアスどん、怪我はないでん!?　無事だでん!?」

そんな声を上げながら私のことを心配してか鎧をペタペタと触り……私が、

「助かったよ、ありがとう」

と、返すと無事だと理解したのか、呆れ混じりの声を上げてくる。

「よくもまぁあの中で怪我一つなく……そのきんきらの鎧のおかげでん？

……ああ、この鎧が魔力でなんかしとって、その魔力が切れて力を失ったと……？

そういうことなんら、あっしの方で魔力を注いでやるでん、ドラゴンの方は一旦彼らに任せておくでん」

そう言われてペイジンからザリガニの方へと視線を移動させると、スーリオ達とゴブリン達がザリガニに襲いかかっていて……スーリオ達もゴブリン達も中々良い戦いをしている。

スーリオ達は攻撃よりも相手の注意を、触覚での攻撃を引き寄せるための素早く鋭い動きを見せていて、ゴブリン達はどっしりと構えての槍での連撃を放っている。

ザリガニはそんなスーリオ達よりもゴブリン達を厄介と見てか水流を放つ……が、ゴブリン達にとってそれは攻撃にはならないようで、凄まじい勢いで放たれる水流をあえて受けて、その中を泳ぐことでザリガニとの距離を詰めていく。

縦一列に並び、槍を構えザリガニをまっすぐに見据え、全身が一本の槍であるかのようにピンと背筋を伸ばし、それから尻尾を激しく動かし、水流以上の速さで突き進んで……。

「……水中でゴブリン達に勝つのは無理だろうなぁ」

なんて言葉が私の口から漏れると同時に、水流から凄まじい勢いで飛び出したゴブリン達の槍がザリガニの体に突き刺さる。

『ギィィィィィ!!』

六本同時での攻撃はかなり効いたようでザリガニはそんな悲鳴のような声を上げて……それでもまだまだ動けるのか、ゴブリン達を追い払おうと触角を動かし始める。

それを見て私は、トドメを刺すなら今だろうと戦斧を握り、構え……ペイジンにもう一度礼を言ってから、ザリガニの方へと駆け出す。

ゴブリン達の突撃はザリガニにかなりのダメージを与えたらしく、見るからに動きが鈍る。

槍を引き抜かれても穴は空いたまま、再生力も落ちているようで……この機を逃すまいと一気に駆け寄る。

そんな中、ザリガニは触角を大きく振るい、ゴブリン達を薙ぎ払い、ゴブリン達は身を丸くしながらそれを受けて吹っ飛ぶ……が、見事な着地を6人連続で決めて見せて、どうやら大したダメージはないようだ。

楯鱗、だったか。何も装備せずにその防御力というのは本当に頼りになるなぁ。

「ディアスどん！　さっき水から引っ張り出したあっしの舌と手足の力は魔力で強化したもの！　残りの魔力的にもう使えるもんじゃないでん、留意してくだせぇ！」

なんてペイジンの声を背中に受けながらザリガニの目の前まで駆け寄ったなら、その顔に向けて戦斧を叩きつける。

すかさずザリガニは二本の触角を顔の前で交差させて受けるような構えを見せる、が脆い触角だけでは受けきれず、二本の触角もろとも顔の一部を戦斧が砕く。

『ギィィィィイ!!』

激しい声、同時に何か……なんと言ったら良いのか分からない気配が周囲に漂い、ザリガニの左右や背後へと回り込もうとしていたスーリオ達が「ぐおっ」「があっ」なんて声を上げながら足を止めて、それからザリガニから距離を取るべく弱々しい足取りで移動を始める。

「瘴気魔法です！　危機を感じてかなりの瘴気を放っているみたいです！　他のドラゴンよりも強烈で、ボクはお守りに張り付いているから平気ですけど、他の人達は危険かもです！　一旦ゴブリンさん達も下がらせてください！」

「イービリス！　ペイジン！　下がれ！」

懐からエイマの声が上がり、戦斧を振り上げながら私がそう声を上げると、背後で遠のく足音が聞こえてきて……どうやら無事に下がってくれたようだ。

こうなったら私が頑張るしかない、そう考えながら戦斧を振り下ろすと、突然ザリガニの顔の上の甲殻がコブのように膨れ上がり、それが戦斧を受けて……砕けながら戦斧の動きを逸《そ》らし、戦斧が地面へと突き刺さる。

先程から見せている再生力で硬い甲殻を作り出したというか、再生を繰り返すことで硬質化させたというか、全く厄介なことをしてくれるもんだと考えながら、地面に突き刺さった戦斧を振り上げるついでにザリガニの顔を下から叩く。

同時にザリガニが触角を振るってきて、ペイジンとエイマが込めてくれた魔力がそれを弾き……ザリガニの顎を戦斧がえぐり、激しく甲殻が飛び散る。

先程のような硬質化を使えば良いだろうに、硬質化と攻撃というか、防御と攻撃は同時には出来ないらしい……飛び散る甲殻までを鎧が防ぐ中、戦斧を振り上げてしっかり構え、力を込めて……

叩きつけると同時にザリガニがえぐれた顎から水を吐き出してくる。

鎧の魔力はもうない、ペイジンにも頼るべきではない、ならばとあえて後ろに飛び退《の》き、そこに水の勢いを受けて吹っ飛び……そうすることで一旦ザリガニから距離を取る。

距離を取れば水の勢いも量もなくなる、前回の攻撃でそこが分かっていた私は、吹き飛ばされた勢いでもって地面を転げて、転げながら噴き出され続ける水から距離を取る。

「今だ！　瘴気魔法なんぞに負けては恥だ!!」

直後、響いてくるイービリスの声、ゴブリン達はまたもザリガニが吐き出した水に飛び込んで泳いで、ザリガニへの一撃を成功させようとする……が、二度目はさせまいとばかりにザリガニが水を吐き出すのを止める。

「甘い！　大しけの激流から仲間を守るため、我らはこういった魔法も使えるのだ！」

先程よりも力強く響くイービリスの声、直後ゴブリン達の足元の水がまるで生きているかのように動き始め、大きな水柱を作り出し、ゴブリン達はそれに飛び込んで空へと向かって泳ぎ始める。

そうやってかなりの高さまで立ち上った水柱とゴブリン達は、ゆっくりと弧を描きながらザリガニの頭上へと落下していき……ザリガニの頭や背中など、ゴブリン達が構えた槍が各所に突き刺さる。

水を操るというか水流を作り出すというか、そんな魔法でもってゴブリン達は見事な一撃を決めて……頭上や背中への攻撃手段を持たないらしいザリガニは、その身を捩《よじ》らせてゴブリン達を振り落とそうとする。

だが槍は深々と突き刺さっていて……そのうち何本かは致命傷のようで、ザリガニの動きは見るからに鈍くなっていく。

……だが同時にゴブリン達の動きも弱々しいものとなっていく。瘴気魔法はまだ続いているらしく、ゴブリン達の何人かは槍を手放し、ザリガニの背中から振り落とされそうになり、それを見た私は大慌てでザリガニの下へと突っ込んでいく。

さっきの水で鎧の魔力はもう無いが、そんなことを気にしている暇はない。

とにかく駆けて駆けて、駆けながら投げ斧を投げつけたなら、戦斧を振り上げ力を込めて、今度こそザリガニの顔を、その頭を粉砕してやると戦斧を叩きつける。

再度水を吐き出されたなら吹き飛ばされるしかなかったが、ゴブリン達の攻撃がそのための体力を……あるいはそのための瘴気を奪ってくれたのだろう、ザリガニは水を吐き出さず、触角を再生することも出来ず、硬質化も使えずに、生気を感じない目でこちらをギョロリと睨《にら》みながら戦斧の一撃を受け入れる。

「うぉぉぉぉぉ！」

『ギイイイイ!!』

私の声とザリガニの声が同時に上がり、戦斧がぶち当たり、ザリガニの頭が真っ二つになり、その体から力が失われ……瘴気も放たなくなったのか、ゴブリン達がどうにか力を取り戻し、槍を引き抜いたなら念のためにと背中や脇腹へと突き刺す。

だが反応はなく、何度も上げていた悲鳴のような声もなく……どうやら終わったようだと私達は、一斉に安堵のため息を吐く。

私は怪我もなく濡れただけ、エイマも同様、ゴブリン達はかなりの体力を消耗したようだが怪我はなく……振り返ってみればペイジンやスーリオ達も怪我なく元気な姿を見せてくれる。

なんだかんだとあったが終わってみれば楽な相手だったかな？　……なんてことを考えた瞬間、ザリガニの後方というか、ザリガニの死体の奥からあの声が……いや、先程とは少し違う、別個体のものと思われる声が響いてくる。

『ギィィィィ！』

「……二体目か!?　皆ここから離れるぞ!!」

驚き悲鳴のような声を上げ、それから指示を出し、すぐさま全員で駆け出す……が、皆の足に力はなく、駆けているというか早歩きしているような有様で……一方声を上げたもう一体のザリガニは、奥の方からシャカシャカと元気にあの足音を響かせてくる。

一体目のザリガニはかなりの速度で駆け回っていた。あの速度で追撃されるとなると馬の足でも逃げられるかは微妙なところで……そう考えた私は、イービリスやペイジン達を逃がすために殿《しんがり》となるべく足を止める。

それを見てペイジンは大きく口を開けながらも移動を続け、スーリオ達も歯噛みしながらそれに続き……そしてイービリス達は今にも泣き出しそうな、自分で自分が許せないというような表情をしながらも俯き、ゆっくりとこの場から離れていく。

「マヤ婆さんの占いの苦戦っていうのは、これのことだったか。

……だが諦めずに立ち向かっていればかならず勝てるという内容だったから……まぁ、なんとかなるだろう」

皆の背中を見送ってから迫ってくるザリガニの気配の方へと振り返り、誰に言うでもなくそんな言葉を呟くと……逃げていたはずのゴブリン達が足を止めてしまう。

足音が止まり、気配がすぐ背後にあり……一体何をしているのか、何を思っているのか、そんなゴブリン達に気付いたらしいペイジンが声を上げる。

「イービリスどん！　悔しくともここは耐えて退くでん！　ディアスどんに迷惑がかかるだけでん！」

ペイジンがそう言いながら声を上げて、スーリオ達も恐らく足を止めていて……そしてなんとも間が悪いことに、馬の蹄《ひづめ》の音が後方から響いてくる。

どうやら小人達を全滅させたらしいアルナー達がこちらに合流しようとしているようで……私はこちらへと向かってくる二体目のザリガニを睨みながらどうしたものかと頭を悩ませる。

馬達があの水を食らったら吹き飛ばされるか転ぶかして重症を負ってしまうかもしれない。その上に跨るアルナー達もひどい怪我をするかもしれない。

だけどもアルナー達に手伝ってもらえばゴブリン達の撤退が上手くいくはずで……ここまで来てもらうべきか、それともこちらに来るなと声を上げて制止すべきか……色々な考えが頭の中を駆け巡る。

あるいはアルナー達の弓矢なら、脆いザリガニの甲殻を簡単に貫けるかも？　クラウスの槍なら一撃でザリガニの脳天を貫くかも？　洞人族の耐久力と斧だってザリガニに有効かもしれない。皆に任せて私達は退くべきかもしれない。

まるで夢でも見ているかのように周囲の動きが遅くなっていき、思考だけがどんどん加速していき、あれこれあれこれ考えて、考えすぎて頭が茹《う》だり始めた頃、地面が揺れ始め、何かを砕く凄まじい音が地下から響いてくる。

地震を前兆に現れる亀がまたやってきたか、それとも三体目のザリガニが現れようとしているのか、これ以上考えることを増やさないでくれと、そんな悲鳴を上げそうになった折、急加速し私の目の前までやってきたザリガニが大きく顎を開き、私のことを噛み砕こうとしてきて――――直後、白く大きな何かが地面を砕いてザリガニの真下から現れる。

白くモコモコとした毛に覆われたその体はザリガニよりも大きく、私の背丈ほどあるのではないかという頭の左右に生えた角で……くるりと丸まった角でもってザリガニの腹を突き上げる。

『ギィイイイィ!?』

『メァーーーーー!!』

「はぁぁぁぁぁぁぁぁぁぁ!?」

ザリガニ、白いそれ、私は同時にそんな声を上げる。

背後のペイジンやスーリオ達、イービリス達に駆けつけたらしいアルナー達、更には上空にいるらしいサーヒィ達からも色んな声が上がっているようだが、白いそれの声があまりにも大きく、はっきりと聞き取ることは出来ない。

『メァーーーーーーー!!』

白いそれは更に声を上げる。声を上げながら跳躍し、ザリガニの腹を突き上げたまま空中へと飛び上がり……すべての足をジタバタと動かし触角でもってどうにか白いそれを打ち据えようとしていたザリガニの甲殻が砕け身が裂け、体が真っ二つになってザリガニは絶命する。

そうして二つになったザリガニが地面へと落下し、その後にゆっくりと白いそれが……巨大すぎる程に巨大なメーアが地面にゆっくりと優雅な仕草で降り立ち、一声を上げる。

『メァン』

そう言って巨大メーアは私達を一瞥《いちべつ》してから、その頭を先程砕いてきた地面へと押しやり……そのまま地面へと潜ってしまい、凄まじい音を立てながらどこかへと去ってしまうのだった。

激闘が終わり――

アルナーやクラウス達は無事に全ての小人達を倒していたようだ。

怪我人もなく完勝と言って良い内容で、それでこちらに合流しようとしてくれたようだ。

「……こりゃぁオレ達の魔法とか技術とかとは全くの別モンですぜ。地面を砕いて出てきたそうですが、うぅん……本当にそうならもうちっと痕跡が残っているはず。地中が荒れた様子もねぇですし、もしかしたらオレらの知らない何か、移動に関するような魔法でここに出てきたって可能性も……」

洞人族の若者達も当然無事で……合流するなりあの巨大メーアが出てきた辺りの地面を調べ始めて、そんな声を上げてくる。

「ふぅむ……メーアがそんな魔法を使えるなんて話を聞いたことはないし、そもそも地中から現れたというのも妙な話だし、そうするとやっぱりあれは偶然大きく育ったメーアとかではないんだろうなぁ」

ザリガニの甲殻が散乱する一帯で地面を見つめながら私がそう言うと……懐から出てきて、地面に降り立ち、辺りをピョンピョンと飛び回りながら調べていたエイマがなんとも言えない顔をし、それから口を開く。

「以前、セナイちゃん達がこの草原の地中に何かがいて、力を吸っているから木々が生えないと、そんなようなことを言っていたんですけど、もしかしたらあの巨大メーアがこの辺りの大地の力を吸っていたのでしょうか？」

その言葉を受けて私は、なるほどと頷いてから口を開く。

「力を吸っている何か……か。

……そう言えばドラゴンを倒す度に現れるメーアモドキもメーアの姿をしていて、確か主がどうとかそんなことを言っていたな……。

……あぁ、そうか……この草原でずっと暮らしている鬼人族は、ドラゴンが現れたら隠蔽魔法で隠れて、倒そうとはしないそうなんだよ」

「ん？　えっと？　鬼人族さんですか⁇」

私の言葉が唐突に思えたのかエイマはそんなことを言いながら首を傾げて……私はこくりと頷いてから言葉を続ける。

「以前黒ギーが増えすぎているって話が出た時に聞いたんだが、この草原には定期的にドラゴンがやってくるが、鬼人族はそれを倒そうとはせずに隠れてやり過ごすそうなんだ。

それでもいつの間にかドラゴンは草原からいなくなっていて……鬼人族は王国軍が倒しているも

のと思い込んでいたようだが、戦争中の王国軍がそんなことをしていたとは思えないし、一体誰がドラゴンを倒したのかってずっと気になっていたんだよ――」

気になってはいたが、調べてどうにかなることでもないだろうしとずっと放置していた事柄が、直感的にと言うかなんと言うか……私の頭の中で一つの答えとなって組み上がる。

「――つまりはまぁ、あの巨大メーアが倒していた……ということなんだろうな。

そんなドラゴンを私が代わりに倒したからメーアモドキが出てきてお礼というか褒美というかでサンジーバニーをくれて……その時に主の傷が癒えるだのなんだの言っていたから、主……巨大メーアはドラゴンとの戦いで重傷を負っていて、それで力を吸っていた、のかな？

ここが昔から草原だったことを考えると毎回毎回、毎年のように重症を負ってしまっていて、力を吸い続けなければ死ぬとかドラゴンを倒せなくなるとか、そんな追い詰められた状態だったのかもしれないな」

「はぁ～なるほど……それは確かに納得出来る話ですね。

メーアは元々この辺りで暮らしていたそうですし……あの存在のおかげで暮らすことが出来ていた……という訳ですか。

そうなると……あの巨大メーアは、メーアを守るための上位存在と言いますか神様とか、そんな存在になるんですかね？」

と、エイマがそんなことを言った時だった。

飛び散ったザリガニの甲殻を拾い集めていたマスティ氏族の1人が、大きな声を上げる。

「そりゃもちろん神様ですよ！　だって神殿に祀《まつ》られているじゃないですか！

ドラゴンを倒してくれる神様なんて、これからボク、毎日神殿で祈っちゃいますよ！」

その大きな声は周囲一帯に響き渡り、私は苦笑しながらその言葉を否定しようとする。

イルク村の神殿にメーアが祀ってあるのは伯父さんが決めたことで、本当に神様がいるから……いると思っているからそうした訳ではない。

伯父さんも……私も、神殿という存在とその教えの重要さは理解しているのだが、本当に神と呼ばれる存在がいるかは懐疑的で……悪いことだとは思いながらも大事な教えを広めるために、そういった存在を利用している部分があったりもする。

そもそも本当に神様なんて凄い存在が本当にいるのなら世界は平和なはずで、私の両親が殺されることも戦争が起きることもなく……世界は今とは全く違う状況になっていたはずだ。

教えと祈りと、そのための場は大事だと思う……だけども盲信はしない。

それが私の考えで、勝手にというか思いつきで神殿にメーアを祀った伯父さんも似た考えのはずで……そのことをどう言葉にしたものかと躊躇していると、周囲からわっと声が上がる。

「神様がディアス様を助けに来てくれた！　神殿のおかげだよ！」

「オレ、毎日祈ってて良かった！」

「遠目で見たけど、神様ってでっかいんだなー」

「あ、俺も見た見た、村に帰ったら自慢しよう」

「流石ディアス様だよなぁ、神様と一緒に戦ったなんて」

「イルク村……いや、メーアバダル領は神様に愛されているんだなぁ」

「空からも見ていたが、何なんだよあの大きさは……！」

それはマスティ氏族がほとんどだったが、ジョー達やサーヒィ達の声も交ざっていて……鬼人族の面々も、遠くを見通せるその目で巨大メーアを見ていたのか興奮を隠せないようすだ。

興奮を隠せていないのはペイジンやゴブリン達、スーリオ達も同様で、賑やかさの中で、それぞれに声を上げる。

「これはおとん達にも伝えなきゃいかんでん！　神様に愛された安住の地！　ドラゴンに怯《おび》える必要のない広大なる草原！　移住希望者も殺到するに違いないでん！

いやしっかし、まっさかこの目で数多《あまた》いる神々の一柱を拝むことができるなんて……あっし、感動で涙が出そうだでん！」

と、ペイジン。

「おお……おお……！　まさかまさか陸の神々と邂逅出来るとは、ドラゴンと戦いまでした我らの冒険譚《たん》はここにこれ以上ない完結を見たぞ！」

「この素晴らしい物語は百年、二百年先まで語り継がれるに違いない！」

「早く海に帰ろう！　家族にこの話をしてやらなければ！」

「陸の神は鱗ではなく毛で覆われている……なるほど！　道理だな！」

「そして強い！　かの神は神々の中でも屈指の武神に違いない！」

「おお、陸の神よ！　海神様に我らが活躍をお伝えください！」

と、ゴブリン達。

「……ま、マジか、神様って本当にいるんだな……」

「……これから毎日神殿に行かなきゃ……」

「エルダン様への物凄い土産話ができちゃったな……」

そしてスーリオ達。

皆の興奮は止まらない。メーアと縁深い鬼人族達もこれからもっとメーアを大事にしようとか、家族皆でイルク村の神殿に祈りに行こうとか話していて……すっかり下手なことを言えないという か、流れを止められない空気が出来上がってしまう。

そうして苦笑していると私の肩にピョピョンと飛び乗ってきたエイマが、私の内心を察してか声をかけてくる。

「良いじゃないですか、祈るのも信じるのも自由ですし……ベンさんなら皆さんを上手く諭して落ち着かせてくれるはずですよ。

……改めて思いますけど、本当にベンさんがディアスさんの伯父さんで良かったですね、このことを利用してどうこうとかはしない方ですから。

神殿が絶対的な味方というのは、統治者としては心強いばかりですよ。その上とても優秀と言いますか、有能な方ですし。

こんな事態が起きる前に神殿をある程度の形に仕上げてくれて、神官達を集めてくれて……その上、祀っているのがメーアって……。

まるでこのことを知っていて準備してくれていたかのようじゃないですか！　本当に凄いですよねぇ！」

その言葉を受けて私はまさか……という顔をする。

するとエイマもすぐに察してまさかそんな……という顔をして、そうして2人で黙ってしまっているとアルナーが駆け寄ってくる。

「ディアス！　ドラゴンを二体も倒したんだ！　今日は宴だぞ！」

更に甲殻を集めていた洞人族の若者も駆け寄ってくる。

「ディアっさん！　こいつは良いぞ！　軽くて脆いがそん代わりに加工しやすいし、何より耐水性が抜群だ！

これから水路やら船やらを造っていくならこれは頼りになるぞ！

惜しいのはこれだけだと大きな船を造るには足りねぇってことだが……それでもまぁ、これだけあれば良いもんが造れるだろうよ！」

アルナーと洞人族の発言を受けて、今夜は宴だ、良い素材が手に入った、更には神様に会うことも出来て今日は最高の日だと皆は盛り上がっていく。

盛り上がりながらも甲殻の回収やドラゴンの解体、村への連絡とそれぞれの仕事をし始めて……

そんな皆を見て私とエイマは、一旦この疑問は置いておくかと気持ちを切り替えて、それぞれの作業をし始めるのだった。


「おとん！　羨ましいヨ！　ぼくも神様見たかったヨ～～!!」

戦いを終えてイルク村へと帰還して、防具を脱ぎ水浴びをして汚れを落とし、着替えを終えてから広場に移動しあれこれとしていると、ペイジン・ドシラドがそんな声を上げる。

それを受けてペイジン・ドは参ったなぁという顔で頭をペチンと叩き、それからしゃがみ込んでドシラドへと声をかける。

良い子にしていればきっと見られるとか、神様は獣人国にもいるだとかそんなことを言って宥《なだ》めて、それでもペタペタと足で地面を叩くドシラドのことを抱き上げ、よしよしと揺らしてやる。

それが嬉しかったのかドシラドは目を細め……私はそんな光景を絨毯に手を押し付けながら眺め続ける。

「……これが安産絨毯か、まさか本当に怪我が癒えるとはな」

絨毯の上には小人との戦いで傷を負った皆が順番に腰を下ろしていて……そんな光景を見たゾル

グが、声をかけてくる。

「安産絨毯って……いつのまにそんな名前が」

私がそう返すとゾルグはきょとんとした顔をしながら言葉を返してくる。

「いや、皆そう呼んでたぞ？　最初に話を聞いた時はそんなまさかと思ったもんだが、こうして自分の目で見た以上は信じるしかないよな。

……これって動物の怪我とかも治るもんなのか？　たとえば馬の怪我とか」

「うん？　試したことはないが……恐らくは治ると思うぞ？　まさか人が良くて動物が駄目ってこともないだろうしな」

「……なら少し試してみるか。

……おい、自分の馬にかすり傷がないかの確認をしてくれ！　小さな傷でも良いからあったらこっちに連れてきてくれ」

広場の隅の方で休憩をしていたり馬の世話をしていたりする鬼人族にゾルグがそう声をかけると、世話をしていた1人が胸の辺りに小さな傷を見つけて、その馬をこちらに連れてくる。

それから絨毯の上に立たせるとうっすらと血が滲んでいた傷の周囲がわずかに震えて……ゾルグが手でその血を拭ってやると傷一つない肌が顕になる。

「……なぁ、ディアス、うちの村人が大怪我をした時もそうなんだが、もし馬が骨折したとか大怪我を負った場合も、この絨毯で治してやってくれないか？

そうなった馬はもう殺してやるしかないから……助けられるもんなら助けたいんだ」

「戦争に利用しないと決めているから、今回みたいなモンスターとの戦いや不意の事故の怪我なら別に構わないぞ？

この絨毯が力を発揮するには魔力を込める必要があるから、その時は鬼人族の誰かに魔力を込めてもらう必要があるけどな。

人でもメーアでも、馬でもヤギでも、大怪我をしたならいつでも声をかけてくれ」

「そのくらい安いもんだよ。

……この絨毯があるから無茶をしても平気だとか、ちょっとした怪我でもとか言い出す馬鹿が出ないように厳しく締め付けておくから、いざという時は頼む」

ゾルグがそう言うと鬼人族から大歓声が上がり……巨大メーアを、神様を目にすることが出来たと喜んでいた時以上の盛り上がりを見せる。

鬼人族にとって馬は特別な存在だからなぁ……こうなるのも仕方ないのかもしれない。

そうやって歓声が響き渡る中、ゴルディアがのっしのっしと歩いてきて、声をかけてくる。

「ディアス、手に入った素材に関してだが、俺らで買い取るなり売るなりして、その代金を今回参加した面々で分けるってことで良いんだよな？」

「ああ、ドラゴンの魔石の一つはまた王様に送って、もう一つと小人のはナルバント達に使ってもらって、残りの素材分の報酬を皆で分けるってことでゾルグ達も納得してくれている。

皆が小人と戦ってくれていたから、無事にドラゴンを倒せた訳だし、しっかり分けるとしよう」

私がそう返すとゴルディアは腕を組み難しい顔をしてから黙り込み……少ししてからゆっくりと口を開く。

「そうなると……結構な金額になるぞ？

今回の素材、強度とか利用価値に関してはそこまでじゃねぇんだが……何しろアクアドラゴンだからなぁ。

水の中に棲んでいる関係で見かけること自体が稀で、水中のヤツを狩る方法はほぼ皆無、ただただ逃げるしかねぇってんで、素材の入手も稀で……希少品ってことで好事家《こうずか》達が結構な金貨を積み上げることになるはずだ」

「うん？　良いことなんじゃないか？　それは？

皆が儲かるって言うのなら、危険な敵に挑んだ甲斐があるというものだ。

どう売るかはゴルディア達に任せるよ、もし支払いの金貨が足りないようならエルダンのところに素材を持っていけば、良いようにしてくれるはずだ」

「……そんなクソ高い素材だからこそ扱いを間違うとひでぇことになるかもしれねぇんだがな……。

……まぁ、ギルド動かして慎重にやりゃぁ赤字にはならねぇだろうから、お前が良いならそうしておくさ」

そう言ってゴルディアは来た時のようにのっしのっしと歩き去っていって……そんな会話をして

いるうちに負傷者全員の治療が終わったのか、絨毯の上が無人となる。

するとそこにフラン達、メーアの六つ子が駆け込んできて……子供達でじゃれ合いでもしていたのか、顔などに作った擦り傷を寝転がりながら癒やし始める。

本来その程度の怪我を治すのに使うべきではないのだが……隙を見せてしまったこちらが悪いかと考え仕方なしに受け入れる。

……今イルク村でメーアは神様そっくりの姿をした神様の使い、という地位を得ている。

本人達は全くそのつもりはないのか、いつも通りに過ごしているし、私やアルナーや鬼人族など、馴染《なじ》みが深いものはいつも通りに接しているのだが……領外の者であるペイジンやスーリオ達、そしてゴブリン達にはそうではないようで、時折尊敬の目というか崇《あが》めるような目というか、そんな目で見てしまっている。

特に今はドラゴン討伐と巨大メーアに出会えたことを祝う宴をこれから開こうとしている状況で……そんな時にメーアの子供を変に叱るのも良くないだろう。

「ほーれほれ、よーく冷えたぶどう酒じゃぞ!!」

そんなことを考えているとナルバントの大きな……なんとも嬉しそうな声が響き渡る。

その両手でもって地下貯蔵庫で冷やしておいたらしいツボを持ってきていて……中身はその言葉の通りワインであるようだ。

夏場の暑い時間、モンスターとの戦闘で体を動かした皆にはその言葉が、ツボの中身がたまらないものであったようで、一斉に沸き立ちナルバントの周囲に人だかりが出来る。

「こっちはハチミツ入りの果実水だよ！　うんと冷えてるよ！」

「さわやかで、おいしーよー！」

次に現れたのはセナイとアイハンで、犬人族達に手伝ってもらいながらツボを持ってくる。

その後にいくつものコップを抱えた犬人族達が続き……酒を飲めない者達はそちらへと殺到する。

それからすぐにマヤ婆さん達がこれまた犬人族に手伝ってもらいながら様々な料理を持ってきて、同時に広場のそこら中に絨毯が敷かれていって、その流れで宴が開始となる。

そうして広場は一気に賑やかさを増していく。

飲んで食べて、歌って踊って大いに騒ぎ……ドラゴンを二体も倒したのだからと、料理の内容もいつになく豪華で、どんどん運ばれてくる。

飲み物も地下貯蔵庫で冷やしたものばかりが運ばれてきて……茶なんかも冷やしていて、まさかのまさか冷やし薬湯までが用意されている。

怪我をした者、疲れが抜けない者は薬湯を、なんて声がアルナーから上がり、それから悲鳴が上がり……それでもアルナーは絶対に飲めと譲らない。

怪我は絨毯で治したが、ウィンドドラゴンと戦った際の私がそうだったように傷から毒が入っている可能性もある訳で……フェンディアやパトリック達もアルナーを手伝い、冷やし薬湯を皆に飲ませていく。

そうやって変な盛り上がりを見せていく中、ゴブリン達は車座に座ってコップを手に取り、ツボからワインを注いで……そしてリーダーのイービリスから順番に飲んでいく。

一杯、二杯、そして三杯目を飲んだところでイービリスから順番にバタンバタンと仰向けに倒れていって、慌てて近くにいたクラウスが駆け寄る。

「……あー、寝ているだけですね。

コップも小さいし、そんなに量は飲んでいないはずですけど……ゴブリンさん達はお酒に弱いんですかね？

考えてみれば確かに海の中でお酒って飲めませんからねぇ……前の宴では酔いつぶれないよう程々に控えていたんですかね？

だけど今回は喜びが勝っちゃったと……余程嬉しかったんでしょうね」

ゴブリン達の様子を確かめたクラウスがそう言うと、すぐさま洞人族の若者達がやってきてゴブリン達を介抱し……彼らのために用意したユルトへと運んでいく。

酒に詳しいだけあって、そこら辺の介抱も心得があるらしく、その手際は見事なもので……彼らに任せておけば大丈夫だろうと、宴が再開され一段と賑やかになる。

そうしているとフランシスとフランソワがやってきて、未だに絨毯の上でゴロゴロとしている六つ子達の首元を咥《くわ》え上げ、フランシスはフランソワの背中へ、フランソワはフランシスの背中に六つ子達を放り投げて乗せて……それからメーア達のためにと用意された、例の白い草がたっぷりと盛り付けられた皿のある席へと連行していくのだった。

数十日後のマーハティ領――――エルダン

隣領の領主ディアスがまたもドラゴンを討伐した、それもアクアドラゴンを二体も。

その上、討伐の際には巨大な神が助力をしてくれたそうで……そこから新たな教えを得た神殿が建立されたらしい。

こんな情報が隣領からもたらされ、それを誰よりも喜んだのは領主のエルダンだった。

憧れのディアスの活躍を嬉しく思い、それ以上に新たな教えが生まれたことを大いに喜び……そして安堵した。

王都で主流派となっている新道派の教えとエルダンが相容《あいい》れることは絶対に無い。

亜人を否定し差別し、以前のカスデクス領よりも酷い状況を作り出そうとしている教えを許容する訳にはいかない。

だがどうしたら良いのか、どう対策したら良いのか……その答えを出せずにいたところへの今回の話はまさに救いの手であったからだ。

これで全てが解決したという訳ではないが、救国の英雄でドラゴン殺しで神官を親戚に持つディアスが旗手であるというのはかなりの強みであり……エルダンが自ら動くよりも遥かに良い結果に繋がることだろう。

母ネハが思いつきでスーリオ達を隣領に送っていたことも、ここで大きな意味を持つことになった。

公的な使者であるスーリオ達がディアスと共に戦い、実際に神を目にしたというのは大きな意味と説得力を持つ。

ディアスは参戦の礼として王城の宝物庫にさえ無いだろうアクアドラゴンの素材の一部を送ってきていて……山のような金以上の価値を持つそれが手に入ったこともありがたかったが、それ以上に新たな神殿を公的に支援することを正当化出来るのがありがたかった。

新道派が何かを言ってきてもこう言える。

『これだけの価値の物を頂戴したからには支援しない訳にはいかない。どうしてもと言うのなら相応の品を返す必要があるので、その分を神殿で負担して欲しい』と……。

金の亡者たる神殿が負担する訳もなく……そんな負担をするくらいならと、当分の間こちらに手出しをしなくなることだろう。

「これで面倒なことを考えなくて済むであるのおおお!!」

執務室で突然そんな声を上げたエルダンに対し、側に控えていたジュウハとカマロッツは事情を知っているからか何も言わず、エルダンの凄まじい声量のせいで吹き飛んでしまった書類を拾い集めるのだった。

数十日後の獣人国――

最近になって何かと話題に上がる、サンセリフェ王国辺境からもたらされたその情報は、獣人国の人々を大いに驚愕《きょうがく》させた。

まさかあの王国に新たな神が現れるなんて、何かの間違いではないのかと、そんな風に人々はざわつくことになった……が、それも短期間のことで、すぐに獣人国の人々はそれを事実として受け入れて、歓迎するようになっていった。

そうなった理由はいくつかあり、その一つは獣人国には多くの……数え切れない程の神々が祀られているということにあった。

様々な種族が住まう獣人国には、その種族ごとの信仰があり、それぞれの神話があり……一つの神話につき複数の神々が登場するため、その数は神学者であっても把握しきれない程だ。

そんな神々の中に新たな一柱が加わったとして、大した問題ではないと考える者が多く……また その情報をもたらしたのがペイジン商会の長男、ペイジン・ドであることも理由の一つだった。

商人でありながら時たま利益よりも人情を優先し、悪辣さより善良さが勝り、多くの商店があった方が経済が盛り上がるだろうという価値観を持っているために同業者にも友好的で……それでいてしっかりと儲けを出せる実力がある。

虚言を用いることも少なく、その言動からは根が生真面目であることが感じられて……そんなペイジン・ドが自分の目で見たと獣王にまで報告していたことが、それが事実であるということを証明していた。

その上、神が現れたという土地はあのメーアバダル領だ。

獣人亜人に好意的で、亜人を娶《めと》り亜人の子を育て……多くの獣人と共に笑顔で日々を暮らしていると噂の領主の治める土地だ。

かの領主はアースドラゴン侵攻の際には陰ながら獣人国のために尽力し、多くの国民を助けてもくれて、それでいて対価や貸しを求めることもなかった。

参議であるキコが好意的で、ヤテンもまた消極的ながら好意的で……あの王国の領主とは思えない程の人格者でもあるらしい。

そんな土地に新たな神が現れた、それすなわち獣人と手を取り合う善良なメーアバダル公爵を神が認めたということでもあり……このことを獣人国の国民は好意的に、都合よく受け入れたのだった。

多民族で支え合う自分達こそ強く正しい国家だ、そんな自分達に歩み寄ったからこそメーアバダル公爵は神に認められたのだ。

これを機に獣王様の威光は更に東へと……王国の深部まで届くに違いない。

と、そんな風に……。

そうしてメーアバダル領主と新たな神『大メーア』の名は獣人国の隅々にまで知れ渡ることになる。


数十日後のサンセリフェ王国　王都――


ここ最近、王都には様々な噂が飛び交っていた。

最近ドラゴンの活動が活発化しているが、その裏には何者かの陰謀が関わっているらしい、とか。

そんな陰謀を打ち砕くためあの救国の英雄ディアスが奮闘している、とか。

国王もそれに協力をしていて、だからこそディアスはドラゴンの魔石を惜しむことなく国王に送っている、とか。

……そんな救国の英雄の下に神様が現れた、とか。

それらの噂は根拠も何もない、デタラメに近いものだったのだが、ドラゴンが次々に現れ、それらを討伐し続けている救国の英雄が今まで討伐例の無いアクアドラゴンまで討伐したということは、国王も認めた紛れもない事実であり……そういった事実が混ざり合うことで、噂の真偽の判断を難しくしてしまっていた。

噂好きの者達の中には真偽などどうでも良く、ただただ噂話をしているのが楽しいという者も多かったのだが、中には本気にしてしまっている者もいて……そんな状況を一部の貴族達が問題視し始めていた。

第一王子が新道派と協力関係にあるのは周知の事実で、それに逆らうつもりなのか、神殿を軽視しているのか……元平民の成り上がり者が調子に乗っているのではないかと、そんな風に。

リチャード、ヘレナ、イザベル各派閥はそれぞれの思惑からそういった動きを抑えていたのだが、ディアーネ、マイザーという二派閥が壊滅したことにより、どの派閥にも属さない者達が出始めていて……そういった者達が騒ぎを大きくしていた。

しかしながらそういった者達はいずれも小貴族……主流から外れた者達でしかなく、その影響力は微々たるもので、ただただ騒ぐだけの集団へと成り果てていた。

それでもその集団は諦めることはなく、それぞれのコネを駆使して様々な人物に接触し、味方に引き入れようと……そうすることで新たな派閥を作ろうと尽力したのだが、その企みが成功することはなかった。

中には国王にまで接触する者もいた。

「良いではないか、かの者は公爵なのだ、公爵であればその全てが許される。神殿を軽視しても良い、王子を軽視しても良い、何であれば新たな神殿を建立しても良い……調子に乗り多少の悪ふざけをすることも当然許される。

それが公爵であり、公爵に物を申したいのであれば貴殿らも忠義を尽くし公爵となれば良い」

それで諦めれば良いものをリチャード王子にも接触した。

「仮にアレが俺を軽視していたとしても、こうして直接不快な気分にし、手間をかけさせてくるお前達よりマシだろう。

それと信仰に関わることは神殿に任せているのでな」

そしてディアスと面識があるというフレデリック・サーシュス公爵。

「……戦時中、我が領が苦難に陥っている時、君達は何をしていたのかな？

ちなみにだがメーアバダル公は平民の身でありながら、私と領民達を救おうと命がけで戦場を駆け回っていたよ？

私の彼に対する尊敬の念が尽きることはないだろうね」

次にエーリング・シグルザルソン伯爵。

「伯爵であるわたくしに何をしろと？　公爵と敵対して一体どんな得があると？

相容れない部分があるのは確かですが、わたくしから見るとあなた方の態度の方が問題ですね。……ヘレナ様は今、アクアドラゴンの討伐劇と新たな神を称《たた》える歌の制作に励んでおられますので、お手を煩わせることのないよう、お願いしますよ」

両者とも心からの本音でそう言っているのかは分からないが、表向きはそういった態度を取っていて……いくら騒いでも金貨を積み上げたとしても、その態度が変わることはなかった。

……片や新道派と、片やリチャード派閥と距離を取っていて、そんな2人に声をかけてどうするつもりだったのか。

そうやって騒ぐ者達は失策を繰り返し、味方を増やすことが出来ないまま勢いを失っていって、そのまま自然消滅するかと思われていた……のだが、そんな彼らにある者達が接触したことにより、彼らは自然消滅を回避することになる。

数十日後の王都　大神殿のある部屋で――――

「全く……たかが辺境領主如《ごと》きが、余計な騒ぎを起こしてくれよって……」

豪華絢爛《けんらん》、金銀に彩られ毛皮と絨毯に覆われ、多数の酒瓶と酒器が飾られたその一室で、神官服姿の男達が酒器を片手に酒瓶の並ぶ棚に群がっていたり、ソファにだらしなく腰掛けたりと、おおよそ神官らしからぬ態度で言葉をかわし合っている。

「その騒ぎとやらは本当に公が起こしたものなんで？　あくまで噂なんでしょう？」

「その噂の出所があのギルドで、アクアドラゴンの素材流通もギルドが仕切っている……なんらかの関係があると見るのが筋だろう」

「またギルドか！　たかが孤児の寄り集まりのくせに！」

「それとベンディア……あの落伍者《らくごしゃ》の行方も気にかかる、いつのまにやら姿を消したがまさかあの地に……」

「聖地巡礼に失敗し、落ちぶれたアレに何かが出来るとは思えんがな」

「しかしいかにもアレが考えそうなことではあるぞ……」

そんな風に話を出来ていたのは最初のうちだけだった。すぐに酒が回り気が大きくなって高揚し……思考が鈍っていく。

そうしていつしか正気を失った神官達は、いつもの酒宴に溺《おぼ》れてしまうのだった。

アクアドラゴン討伐から数日後のイルク村――――ディアス

「そう言えば伯父さん、今後大々的に新しい教え……と言うか、メーアの教えを広めていったとして、例の新道派とやらと衝突したりはしないのか?」

あれから数日が経って……多くの村人が訪れるようになり、賑やかになった神殿の様子を見やりながらそう尋ねると、伯父さんは気にした様子もなく柔らかな笑みを浮かべて言葉を返してくる。

「さぁな、仮に衝突したとして神殿を建てる前から対策については考えてあるから安心しろ。……確かに旧道の教えには古い部分があり、時代遅れになりつつあったが、聖人様はそれすらも予測し対策を立てておられた。

その対策を実行に移せなかったことは無念だが……そこから多くを学び、時代に合わせた教えを構築することは出来る。

それに儂《わし》には聖地巡礼をしたという強みもあるからな……幾度となく神の使いから奇跡の品を授かり、実際に神と出会いまでした公爵様がいるのだから、何も問題はない」

「……ふぅむ、そういうものか」

過酷とされる聖地巡礼に向かったことは確かに凄いが、聖地に至れず何も持ち帰れなかったことがそこまでの強みになるとは思えない……が、まぁベン伯父さんには、ベン伯父さんの考えがあるのだろう。

神殿にはフェンディアやパトリック達もいるし、長年神官をやってきた、実力と経験のある彼女達が伯父さんに何も言わず従っているのだから……きっと、多分、恐らく問題はないのだろう。

私に良い考えがある訳でもなし……伯父さんを信頼し、任せておくことにしようか。

そんな風に開き直れたなら、腕を振り上げ背を伸ばして大きく息を吐き出し……村の見回りでもするかと、踵を返し歩き始めるのだった。

書き下ろし

碧海の旅人

湖で皆のことを見守りながら――ディアス

ザリガニ戦の翌日の昼下がり、以前私達が釣りをした湖のほとりに釣り糸を垂らすイービリスの姿がある。

彼らゴブリン族にとって魚とは、水中に入って直接捕まえるか狩るかするものらしく、そうやって釣りをして手に入れたことは一度もないそうで……地上でしか出来ない娯楽として楽しんでみたいとの強い希望があり、楽しんでもらっているという訳だ。

他のゴブリン族は疲れを癒やすために休んでいたり、これまた海では出会えない家畜の世話を楽しんでいたりと、それぞれの時間を過ごしていて、釣りを楽しんでいるのはイービリスだけとなっている。

そんなイービリスの周囲にはセナイやアイハンや他の子供達の姿もあり……イービリスは魚釣りをしながら、興味津々といった様子の子供達に海の世界の話をしてくれている。

「海はとても広く、様々な生物や種族……魚人だけではない本当に多種多様な種族が暮らしている。国という区分はないが縄張りに近いような区分はあって、主に潮の流れや水温で棲み分けがなされている。

そして海はただ広いだけでなく、とても深くもあり……海の奥深くにある海溝の底の底、一体どれほど深いのかも分かっていないそこは、我らでも到達したことのない……未知の世界なのだ」

その話はとても興味深いというか、今までに聞いたどころか想像もしたことのない内容だった。

深い深い海の底……地上の生物が到達出来るはずもない場所、そこにはどういう訳か海の中を自由に動けるはずのゴブリン族も到達出来ていないそうで……それは一体どうしてなのか？　と、イービリス達の背後で釣り道具の手入れをしていた私も、思わずその話に聞き入ってしまう。

「光が届かず、エラでの呼吸が出来ず……それでも深く沈もうとすると水が重く硬く体を締め付けてくる。

それは到底耐えられようもない圧力で、限界まで鍛え抜かれた戦士であっても一瞬で音を上げる程だ。

そんな世界なのだから当然、何者も住めない死の世界なのだろうと思うかもしれないが、時たま潮の流れに乗って海の底から這い出てくる魚達がいる。

異様に口が大きく頭が大きく、生き物とは思えない姿のものもいる……エビはエビの姿をしておらず、カニはカニの姿をしておらず、魔力や瘴気の影響なのかと思えば深い海にそれらは一切存在しない……深い海、深海こそが真に清浄なる世界なのだという論を唱える者がいる程だ。

一体どんな世界が広がっているのか、魚やエビ、カニ達はその世界でどんな営みをしているのか……我らにはただ想像することしか出来ない。

想像するしか出来ないからこそ、こんな世界に違いない、あんな世界に違いないと空想を膨らませ、憧れを抱き……不可能だと分かっていながら深海に挑み続ける者達がいる。

彼らもまた我らのように勇者であり冒険者であると言えるのだが……我らは彼らより少しだけ現実的だ。

絶対に不可能な深海よりも、可能性のある地上に未知なるものを発見する喜びを求め、旅立ったという訳だ」

そう言ってイービリスがニカッとした笑顔を浮かべると、セナイとアイハンが、

「おぉー……格好いい！」

「ぼうけんしゃ……すごい……！」

と、声を上げ、他の子供達も「お〜〜！」とか「すごい！」とか、そんな声を口々に上げる。

するとイービリスは嬉しそうな笑顔を浮かべ、機嫌よく話を続ける。

「こんな話をすると海を恐ろしい世界と思ってしまうかもしれないが、そんなことはない……たまらなく美しく心奪われるような光景も存在しているのだ。

美しい海と言えば青いものとされているが、一面翡翠《ひすい》色に輝く海もある、色を一切まとわない透明の海もある、そこだけ濃い蒼玉色をまとっていることもあれば、そこに棲まう生物達が美しい光景を作り出していることもある。

サンゴ、という海の生物を知っているかな？　サンゴは陸上の木のように地面に生え、動かない生物であるのだが、岩のように硬く……そしてとても色鮮やかで美しいのだ。

赤色、黄色、青色、紫色……どう表現したら良いか分からない色のサンゴもあり、それらが森のように群生している海の美しさといったら、どんな賢人であっても言葉で語り尽くせるものではないだろう。

サンゴだけでなく魚が、クラゲが、亀やカニ、エビなどが色鮮やかに美しい世界を作り出していることもあり……それらが水の中を自由に舞い踊る光景は、海の中だからこそのものなのだろうなぁ。

いつか君達が海に来ることがあったなら、その世界を見せることを、このイービリスがここに誓おう！」

力強いイービリスの言葉を受けて、セナイ達の目がキラキラと輝き出す。

まだ見ぬ世界、言葉では言い表せられない美しい世界、そこを見てみたい、行ってみたいという……誰もが心に持っているだろう冒険心、それがたまらなく刺激されてしまったようだ。

「……ふむ、そう言えば冒険の先で出会った姫に贈り物をするのは、冒険譚における定番だったな。

……大した品ではないが、誓いの品として、ここにいる子達にこれを贈るとしよう」

そんなセナイ達の目の輝きを受けてか、イービリスがそんなことを言ってから腰紐に下げていた袋に手を伸ばし、そこから……赤い木の枝のようなものを取り出す。

その表面は艶やかで、どこかガラスを思わせる質感で……これ以上ないというくらいに真っ赤で、木の枝のように曲がり枝分かれしていて……枝の先端になるほど赤さが薄れ、白くなっていて。

まるで宝石のように美しいそれが、サンゴなのかな？　と、私が首を傾げているとイービリスは何の躊躇もなく、それを近くの石に叩きつけ……バラバラにした上で、良さそうな欠片を手に取り、子供達に一つ一つ与えていく。

そんな風に砕いてしまえば価値が落ちてしまうだろうに、気にした様子もなく、それよりも話を聞いてくれた子供達全員に手渡すことが重要だとでも言いたげで……驚くやら何やらで私は何も言えなくなってしまう。

「ありがとう!!　すごく綺麗！」

「ありがとう！　たいせつにする！　ぜったいになくさない！」

そんな中セナイとアイハンがそう礼を言って、他の子供達も「ありがとうー！」「ありがとうございます！」「大事にします！」と口々に礼を言う。

そうして嬉しそうに……本当に嬉しそうに微笑んだイービリスは、こちらを見てどこか冗談めかした様子で私にも「欲しいか？」と視線でもって問いかけてくるが、私は首を左右に振ることで断り、私よりも子供達を優先してくれとそう伝える。

するとイービリスは「ギャッハッハ！」と豪快に笑って、その鋭い牙を顕にし……いつにない勢いで豪快に笑い、その瞬間、イービリスが手にしていた釣り竿《ざお》がググッと大きく曲がり、折れそうな程に音をきしませる。

「お、おおお！　魚か！　魚があの針に食いついたのか！　なんという力か！　魚の躍動が糸と竿を通じて、この手に伝わってくるぞ！」

そう言って両手でしっかりと釣り竿を持って、格闘を始めるイービリス。

魚は中々の大物のようで懸命に糸を引いて抵抗するが……魚と水のことを熟知しているイービリスの方が上手のようで、慌てることなく上手く釣り竿を動かし、魚の抵抗をいなしていく。

「ぬおおおお……！　この力強さ！　海の魚と変わらんな!!　よしっ、ここだ！」

そう言ってイービリスは釣り竿を大きく振り上げる。

すると魚が湖から飛び出して……見事釣り上がり、偶然なのか狙ったのか用意してあった編み籠へと綺麗に飛び込んでいく。

そうして上がる大歓声……子供達が力いっぱいに騒ぎ笑い……そして自分も釣りをしてみたくなったのだろう、私が用意していた釣り竿に手を伸ばし、それぞれここが釣れそうだ！　という場所へと駆けていく。

「皆、湖に落ちないよう気をつけるんだぞ」

と、私が声をかけると一斉に『はーい！』と元気な返事をし、釣り始め……釣った魚を締めたらしいイービリスも釣り糸を垂らし、釣りを再開させる。

「……ふむ、釣りをしながらとなると、やはりアレだな……どの魚が美味しいのか、そんな話をすべきかな？

海には多種多様な魚がいて、どれも美味しさが違うのだが、その中でも特別美味しい魚もいるもので――」

そうして始まる大海原から大草原へとやってきた旅人による楽しく面白く興味深い話は、また子供達を夢中にしていく。

今まで想像もしなかったどころか知りもしなかった海という世界、そこに広がる未知の光景はどこまでも子供達の心を楽しませてくれるようで……その話は編み籠が魚でいっぱいになり、日が傾く夕暮れ時まで続けられ……子供達と、それとついでに私の冒険心をこれ以上なく満たしてくれるのだった。

あとがき

まずはいつものお礼から。

ここまでの物語を応援してくださっている皆様、小説家になろうにて応援をしてくださっている皆様。

いつもファンレターなどをくださる皆様。

この本に関わってくださる編集部を始めとした皆様。

いつも良い仕事をしてくださっている校閲さん。

イラストレーターのキンタさん、デザイナーさん。

コミカライズを担当してくださっているユンボさん、アシスタントの皆さん、編集部の皆様。

本当に本当にありがとうございます！　お陰様で11巻までで170万部となりました!!


と、いう訳で11巻では新キャラが登場です。

見た目としては全然ゴブリンではないんですが、ゴブリンシャーク……ミツクリザメから取った名前となっています。

そうすると今度はミツクリザメっぽい見た目ではなくなるんですが……まぁ、名前だけということでお願いします。

そんなゴブリン達、今後も活躍してくれる重要キャラとなっています。

水と言えば、海と言えば……なあれこれや、領民ではない味方キャラだったりとか。

そういう立ち位置としてはエルダン達に近い存在でもあり……今後エルダンと共に、この世界で暴れ回ってくれることでしょう。


そんなゴブリン達が戦うアクアドラゴン、モデルは伊勢海老となっています。

伊勢海老は竜蝦とも書きまして……そう、彼もまたドラゴンなのです。

そんなネタ誰が分かるんだよ、という話ではありますが……まぁ、ドラゴンフライだからトンボとか、過去にもあったことなので……良いかなって感じでやってしまいました。

……そんなアクアドラゴンに再びの出番があるかは謎ですが、今後もそんな感じのドラゴンは出てきてくれることでしょう。

それらとディアスがどう戦っていくのか……なんて部分にもご期待いただければと思います。

そして次巻……12巻では伯父さんを始めとした神官達が活躍予定です。

今回登場した大きなメーア……その衝撃と影響力は中々なもので、メーアバダル以外でも様々なあれこれが始まるようです。

そしてそんなメーアバダルに目をつけ始めた連中もいて、動き出して……そちらでも色々とありそうです。

引き続きこの物語を追いかけ、楽しんでいただけたら幸いです！


ではでは12巻でもまたお会い出来ることを祈りつつ、これにてあとがきを終わらせていただきます。

２０２４年　早春　風楼

EARTH STAR NOVEL

領民0人スタートの辺境領主様
XI　碧海の旅人

発行 ―――― 2024年3月15日　初版第1刷発行

著者 ―――― 風楼

イラストレーター ―――― キンタ

装丁デザイン ―――― 関 善之＋村田慧太朗（VOLARE inc.）

発行者 ―――― 幕内和博

編集 ―――― 今井辰実

発行所 ―――― 株式会社アース・スター エンターテイメント
〒141-0021　東京都品川区上大崎 3-1-1
目黒セントラルスクエア　7F
TEL：03-5561-7630
FAX：03-5561-7632

印刷・製本 ―――― 図書印刷株式会社

ISBN 978-4-8030-1923-0